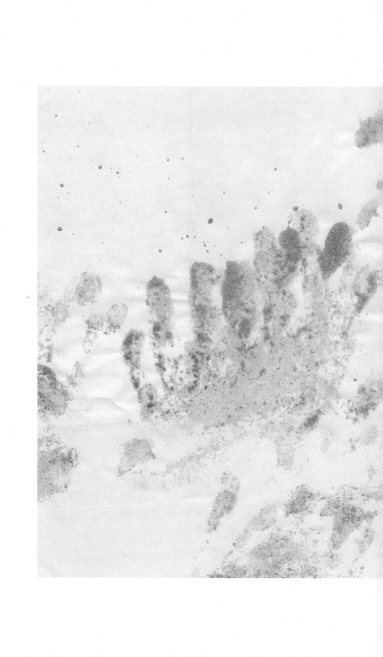

Para o Tripé, a mão cheia de dedos.

CLARA LACERDA

Tripé

DO AUTOR

O Matador, do Livro Reaparece, São Paulo, Ateliê Editorial, 1995.
A Odisséia das Larvas, Rio de Janeiro, Nova Fronteira, 1997.
Filosofia para a Ano 2 000 (literatura juvenil) em parceria com Gustavo Martins, Ateliê Editorial, 1998.

DO AUTOR

O Mistério do Leão Rampante, São Paulo, Ateliê Editorial, 1995.
A Dinâmica das Larvas, Rio de Janeiro, Nova Fronteira, 1997.
Fábulas para o Ano 2 000, (infanto-juvenil) em parceria com Gustavo Martins, Ateliê Editorial, 1998.

Tripé

RODRIGO LACERDA

Ilustrações
NOELI POMERANZ

Ateliê Editorial

Copyright © 1999 by Rodrigo Lacerda

ISBN 85-85851-77-5

Direitos reservados a
ATELIÊ EDITORIAL
Rua Manoel Pereira Leite, 15
06700-000 – Granja Viana – Cotia – São Paulo – Brasil
Telefax: (011) 7922-9666
1999

Foi feito depósito legal

Impresso no Brasil/Printed in Brazil

Para Clara, colega de classe.

Para Ana, Sergio, Plinio, Manuel e Heitor.

O paciente entra mudo na sala de espera. Nem dá bom-dia à secretária. Na hora marcada, entra mudo no consultório. Não deita no divã, senta na poltrona. Aí encara o analista e diz: "Mil palavras".
Depois, fica mudo o resto do tempo e ainda sai sem se despedir.

1
HIERARQUIAS 15
ESTANTE NOVA 19
CLARIVIDÊNCIAS 29

2
PENHA E WANDIR 37
COMIDA 59

3
A LADEIRA 113
LÚCIA 125
O HOSPITAL 137

1

hierarquias
estante nova
clarividências

Hierarquias

Em uma palavra: Apolíneos ou Dionisíacos?
Shakespeare ou Homero?
Pelé ou Garrincha?

De bate-pronto: Mozart ou Beethoven?
Eça ou Machado?
John ou Paul?

Criança, eu tinha mania de hierarquizar minhas preferências. Naquela época, é claro, os dilemas eram outros: jogar botão ou brincar de autorama? Um pacote de batata frita ou um saco de pipoca? Andar de cavalo ou cair na piscina?

Tipos de comida, programas de televisão, casas de amigos e parentes, historinhas, discos, filmes, personagens, e o que mais eu resolvesse gostar, tudo era instantaneamente encaixado dentro de uma categoria e hierarquizado segundo as minhas preferências.

Também fazia parte do negócio cruzar categorias diversas: fazer o gol decisivo no futebolzinho do colégio ou ganhar um brinquedo de presente? Assistir a um filme do John Wayne ou comer bolo de chocolate?

Valia até comparar os desprazeres: anotação na caderneta ou herdar roupa da irmã mais velha?

Tudo páreo duro.

Ainda pequeno, em relação às minhas coisas preferidas, eu costumava dizer que tinha casado com uma e me separado da outra. Lembro, por exemplo, como se fosse hoje, do dia em que anunciei o fato de ter me separado da televisão para casar com a lasanha. Foi na área de serviço da casa do meu avô, em Petrópolis. As empregadas riram muito. Tão pequeno, todo sério.

Uma tia postiça, sempre que eu anunciava uma dessas resoluções pétreas, me abraçava dizendo: "Menino, você não existe!"

Alguns adultos recusavam minha fixação em hierarquizar as coisas — Tom e Jerry ou Pernalonga? —, diziam que não dava para comparar, que uma coisa não tinha nada a ver com a outra, etc. Eu ficava mal por desqualificarem um esforço tão importante para mim. Achava uma tolice alguém não tentar definir qual era o melhor em tal coisa, o que era melhor que o outro, e então seguia hierarquizando tudo. Até gente.

É coisa de ego fraco viver definindo hierarquias e escolhendo ídolos? Ou é sintoma de egocentrismo radical? Talvez ter referências tão nítidas e próximas seja um remédio contra a solidão. Ou mostre uma dificuldade de conviver com as indefinições desse mundo. Ou ainda, quem sabe, reflita a necessidade de ordenar racional e conscientemente as paixões. Tudo pode ser. Ao mesmo tempo, inclusive.

Confesso que, no correr dos anos, o meu panteão variava, mas não por simples volubilidade. A própria fórmula, "me casei" com uma coisa e "me separei" de outra, dá uma noção da seriedade do compromisso.

Porém, um dia, de tanto rever minhas afirmações categóricas e definitivas, acabei muito desconfiado desse tipo de coisa. Tenho recaídas de vez em quando, mas não duram.

Estante Nova

Os livros tomaram conta do apartamento. Embaixo da mesa de jantar, em cima da TV, ao lado do som, no corredor, etc. Sem a estante velha na sala, perdi de vez o controle da situação. Ela podia ser pequena, mas, quando saiu, foi o caos. A vaga ordem com que os livros estavam amontoados simplesmente desapareceu. Todos os assuntos se misturaram e a memória visual de cada lombada se embaralhou.

Ficamos quinze dias errando por entre pilhas esquizofrênicas.

Na área de serviço, o purgatório da biblioteca, havia mais seis caixas grandes de papelão, transbordando de livros amassados, rasgados e úmidos. No armário, roubando lugar dos lençóis e das toalhas, mais uma prateleira cheia. Os livros se alastravam, nos expulsando, exigindo.

Uma bela noite, chego do trabalho e já encontro minha mulher com o Inácio do gesso e seu pessoal. Estão fazendo o corpo da estante nova – do chão até o teto, da porta de entrada até o lado oposto da sala. Nossa filha dorme lá no quarto, apesar das marteladas e do zumbido estridente das brocas.

Na manhã seguinte, compro as mãos-francesas e as cremalheiras.

Antes de maiores progressos, um feriadão interrompe os trabalhos e nos força a passar muito tempo naquele pandemônio. Para sentar no sofá, afastamos uma pilha de livros; para comer na mesa, empurramos as ferragens. Mais angústia. Como não poderia deixar de ser, eu e as duas mulheres da casa começamos a brigar.

    Finalmente outro dia útil, e vem o Agnaldo marceneiro. Fixamos as cremalheiras na parede. Nelas, em alturas variadas, prendemos as mãos-francesas. Estas encaixamos no oco das prateleiras. Fico contrariado quando me contam que as prateleiras ainda precisarão ser pintadas. Tenho pressa. Além disso, o nome da tinta me causa estranheza: Dióxido de Titânio. Altamente tóxica, eu imagino, e aceito-a como uma espécie de batismo de fogo para a estante nova.

    Dois dias depois, minha mulher se encarrega dessa pintura. Eu, com medo de chegar perto da estante até que fique inteiramente pronta, saio de casa com minha filha.

    Na última etapa da montagem, o zelador fatura algum pintando as cremalheiras. Usamos tons claros, como no gesso, nas prateleiras radioativas e na própria parede. A estante fica pronta. Só mais um pouco de paciência e a bagunça vai acabar.

    Finalmente chega a manhã de sábado, dia da arrumação. Faz um frio gostoso e o céu está claro. Minha mulher saiu para trabalhar. Acordo e vejo nossa filha ao meu lado na cama. Está ferrada no sono. Deixo o quarto na ponta dos pés, querendo algum tempo sem criança por perto. Doce ilusão. Um minuto depois, ouço chinelos de ratinho se arrastando e encontro-a no corredor. Ela me dá um abraço cheio de sono, eu retribuo com beijos mansos no seu corpo lânguido. Vamos até a cozinha. Preparo sua mamadeira de chocolate e faço uma xícara para mim. Para esquentá-las, em câmara lenta, minha filha sobe num banquinho e se posiciona diante do microondas. Faz questão de apertar o botão pessoalmente.

Enquanto ela vai para o sofá tomar seu leite, se espreguiçando e ameaçando dormir de novo, começo a mexer nos livros. Minha mulher, antes de sair, tirou a poeira de alguns com um pano que deixou sobre a mesa de jantar. Examino-os por alto. Livros ilustrados, que há muito tempo não vejo com calma. Também não vai ser agora, minha cabeça está aérea demais.

Tento me concentrar e calcular quantos livros caberão na estante nova. Uma ponta de medo ainda persiste. Algo me diz que subestimamos o tamanho do caos. Só arrumando as prateleiras para ver. Aí calculo quanto tempo isto levará e desanimo antes de começar.

Minha filha me interrompe, dizendo que precisa ir ao banheiro.

Quando voltamos para a sala, coloco seu desenho animado preferido no vídeo. Tomando conta dela será impossível acabar a arrumação dos livros num dia só. Mesmo o poder hipnótico da babá eletrônica tem limites. E já que não vai dar, por que começar logo de manhã? Hesito. Sinto que preciso de um incentivo. Busco o som portátil e ponho para tocar um Pixinguinha. Abaixando um pouco o volume da televisão, digo para a minha filha que o nome dessa música é chorinho. Ela, divertida, acha que estou brincando.

Olho para a estante vazia. Lembro de todas as estantes que já tive. A laqueada de branco e com bordas arredondadas, de quando eu era criança. A de madeira aparente, da adolescência. Lembro dos tempos em que não tive estantes, quando vieram as mudanças – de solteiro para casado, de cidade, de estado, de casado para separado, e então para casado de novo, com a mesma/outra mulher – e com as mudanças vieram as caixas de papelão, as casas menores, a falta de espaço. Nunca mais vi todos os livros juntos. Até hoje guardo muita coisa no sítio do meu pai. Falando nisso, minha coleção Terramarear continua lá. Terra-mar-e-ar, que nome!

Viajo pela minha vida.

Aos poucos, vou colocando os primeiros livros na estante nova. Passo o pano, folheio rapidamente e boto na prateleira. Logo não os folheio mais. Os mais altos, por uma questão de aproveitamento de espaço, vão numa prateleira só, não importa o tipo; de fotografia, de arquitetura, o atlas, o álbum sobre o Flamengo, os livros de pintura, os álbuns de retratos... A estante nova comporta esse ecletismo com a maior naturalidade.

Abro um livro mais antigo. Suas páginas amareladas têm um cheiro indescritivelmente bom. Deslizo os dedos sobre os tecidos, os papéis, as imagens, vejo as fotos coladas a mão, admiro os detalhes, os movimentos dos corpos, a gota d'água na coxa, o brilho nos olhos, o fio de ouro dos vestidos, as paisagens, as colunas, os templos. Abro outro, vejo a bola na rede. Um terceiro, e acho graça no gato, no homem, na escada e na jarra d'água parados no ar, congelados pela fotografia num vôo simultâneo.

Trago as caixas da área de serviço. Seis ao todo. Busco os livros no armário do corredor. A primeira coisa que me cai às mãos são os quadrinhos, velhos heróis que eu reencontro com uma consciência assustadora do passar do tempo. Foguetes, *cowboys*, detetives, príncipes valentes, donzelas em perigo, gauleses irredutíveis. Poção mágica?

Abro outra caixa e descubro onde estão as biografias, já lidas e relidas na ânsia de aprender o segredo da genialidade. Ambição? Desprendimento? Vai saber... As biografias podem ir numa prateleira mais distante. Quando precisar de alguma eu pego.

Surge então, entre as pilhas de livros, a biblioteca do historiador que acabei não virando. Gregos e romanos. Feudalismo. Renascimento. Iluminismo. Revolução russa. Brados retumbantes. A história é uma prateleira dupla, bem no alto.

Pouco a pouco, todos os livros da casa vão sendo atraídos para junto da estante nova. Me vem à mente um desses santuários ecológicos, onde as aves se reencontram após as migrações, cada espécie chegando de um lugar diferente do planeta. Elas se entregam satisfeitas ao conforto e à segurança da estante. Seus bandos sofreram, muitas ficaram pelo caminho. Agora, no dia da chegada, a alegria fala mais alto. Eu ouço e vejo a algazarra, saindo de dentro das caixas de papelão, espalhando-se pela sala, empoleirada nas prateleiras.

A estante recebe todos os meus livros. Sobra espaço. Pela primeira vez na vida tenho a sensação de ter mais espaço que biblioteca. Aproveito a chance inédita de aliviar as prateleiras do escritório. Lá encontro os autores mais queridos, que nunca saíram de perto de mim, nem desapareceram em caixas, despensas, casas alheias. Volto do escritório e encho mais prateleiras.

Enquanto guardo os livros, faço milhares de associações, a lugares, a momentos, a pessoas. Livro a livro, livro a livro, livro a livro.

Passo o dia assim. Desligo do mundo. Anoitece. O que eu fiz da criança o dia todo? São dez e meia agora. Meus livros bem guardados, enfim, e ao alcance da mão. Bendita grana extra.

A menina já foi dormir, segurando firme a mamadeira e seu paninho de segurança, na verdade uma rendinha azul que fizeram para ela. Minha mulher está no quarto, lendo, assistindo alguma coisa na televisão ou simplesmente cansada do trabalho. Chamo-a, quero que veja como ficou. Acendo todas as luzes. As cores brilham. Ando de um lado para o outro, ansioso por sua opinião. Ela está espantada de eu ter conseguido arrumar tudo num só dia, e sem que tenha podido me ajudar. Pergunta se sobrou algum espaço para os livros dela, também encaixotados. Eu respondo que sim. No escritório, duas prateleiras terminaram vazias. Na sala, tudo arrumado, também sobrou lugar. Final feliz. Acabaram as brigas e a casa voltou a ser nossa.

Levo as caixas vazias para o hall do prédio, empilho e deixo-as encostadas na lata de lixo. Depois de ficar abaixando e levantando, subindo escada e carregando peso horas a fio, eu paro e sinto a algazarra colorida da estante. É uma estante nova para mim. Nunca a tinha visto exatamente como está agora. Com ela eu encerro minha viagem pelo caos e, moto-contínuo, abro espaço para livros que ainda não tenho. Estou feliz, nostálgico, ansioso, melancólico, curioso e animado. Como sempre, mas diferente.

Clarividências

Projeto de Vida
— Clara, o que você quer ser quando crescer?
— Piquinininha.

Espelho
— Papai, quem eu sô?
— Deixa eu ver... Uma princesa!
— Não, papai, de vedade.

— De verdade fica mais complicado.
— Eu sei quem você é. De vedade.
— Quem?
— Num é píncipe, não.

O Mistério da Mulher
— Óia a minha xoxotoca.

País do Futebol
— Filha, o Brasil perdeu a Copa.
— Pedeu, papai? Pedeu o Basil?
— Perdeu.
— Num tem nada. A gente compa oto.

Paradoxo Nº 1
— Pódi inguí a bainha, papai?
— Não, balinha é para chupar.
— Mas quando tivé bem chupada, pódi?
— Aí não vai ter nada para engolir.
— Puquê?

Otimismo
- Quando o papai quechê, ele vai cozinhá pa gente, né? Fazê macarrão, arroz, bifinho...

Educação é Repressão
- Mamãe, vamo pendê o papai na pivada, aí ele num viaja mais.

Explicando o Amor
- Qué ficá aqui.
- Com o papai e a mamãe? Para quê?
- Pa ficá.

Interrompendo-o
- Vô rasgá esse bejo aí.

Diplomacia
- Agoia vô bigá cum vochê. Tá?

Boa Pergunta
- Este é o Hércules bebê, este é ele jovem e este ele adulto. Ele está crescendo.
- Pa quê?

INVENTORA
— Inventa que é o tapete mágico. Inventa que a gente tá voando, inventa.

CORRENTES ARTÍSTICAS I
— É um navio, Clara?
— Num é navio nada, é desenho.

CORRENTES ARTÍSTICAS II
— Olha que bonito o desenho da Clara!
— Num é desenho: é o Peter Pan.

ARREPENDIMENTO
— Dicupa.

FALSO ARREPENDIMENTO
— Discuspe.

NEOLOGISMOS
— Vamo facá esse bolitcho gotoso, vamo?

RELIGIÃO
- O papai do chéu tá lá no alto. Eu tô aquizinho.

AÇÃO E EMOÇÃO
- Que presente lindo, Clara! Nem sei como agradecer.
- Dismaia.

MULHERZINHA
- Num fica tiste, mãe. Eu vô andá de cavaio, comê bigadeio, e depois eu volto.

ARMADILHA DO SUBCONSCIENTE
- E aí, no meu sonho, tinha cocô no vitido da pincesa.

MATANDO A SAUDADE
- Puque tá tiste, mamãezinha? Faia.
- Estou pensando no tio Zé.
- Faia com eie. Teiefona po chéu.

Passarinho em Lugar Fechado
— Tome sua linha, menina!
— Eu num tenho linha!

O Segredo da Felicidade
— De quem você gosta mais, Clara, do papai ou da mamãe?
— De eu!

penha e wandir
comida

Penha e Wandir

Na Sala da Telefonista/ Na Delegacia

Penha está pilotando sua mesa telefônica, com um microfone preso à cabeça. Toca uma campainha e pisca uma nova luz vermelha no painel. Ela aperta o botão correspondente.

PENHA – Alô, Centro Comercial.

Do outro lado da linha está Wandir, na delegacia, vestido com seu uniforme de PM. Ele fala assumindo um ar tenebroso.

WANDIR – Aqui é a voz da morte...
PENHA – (*com estranhamento*) Quem?
WANDIR – A voz da morte. É para dizer que seus dias estão contados.
PENHA – Wandir?
WANDIR – (*ainda disfarçando a voz*) Eu sou a voz da morte.
PENHA – Wandir, que brincadeira boba. Você não perde a mania.
WANDIR – ....
PENHA – Eu sei que é você.
WANDIR – (*com sua voz normal*) Como me reconheceu, Penha? Esse foi meu disfarce mais perfeito.
PENHA – Quem é telefonista conhece qualquer um pela voz.
WANDIR – Ê mulatinha convencida... Lá vem você de novo com essa história.

PENHA – Você já tentou me enganar mil vezes e ainda não aprendeu?

WANDIR – Não. (*ambíguo*) Eu não aprendo mesmo, né, Penha?

PENHA – Por que você está falando assim?

WANDIR – Você sabe...

PENHA – Não começa.

WANDIR – Faz um tempão que a gente se fala todos os dias pelo telefone, e você até hoje não quis se encontrar comigo.

PENHA – Eu disse um ano, não foi? Esse é o teste do nosso amor. Nos falamos a primeira vez no dia 23 de março de 1998. Faltam só dois meses para que chegue o dia da gente se conhecer pessoalmente.

WANDIR – Mas por que isso? Como é que a gente pode namorar sem se encontrar?

PENHA – Wandir, já expliquei. Para as telefonistas, o jeito de falar de uma pessoa é que nem a impressão digital ou o retrato falado para o PM. Diz quem é. Eu te conheci muito melhor assim.

WANDIR – Quantas vezes eu pensei em baixar aí no teu serviço.

PENHA – Ainda bem que não veio. Ia estragar tudo.

WANDIR – (*impaciente*) Penha, quando atendi o seu primeiro telefonema aqui para a delegacia – alarme falso, aliás – eu nunca imaginei que ia entrar numa dessas. Chega de brincar comigo. Eu te amo e quero te encontrar. Ou então acabou.

PENHA – (*assustada*) Wandir!

WANDIR – E mais: tem que ser amanhã. É meu aniversário.

PENHA – Eu sei, mas... amanhã?

WANDIR – Às cinco, em frente ao Leme Palace.

PENHA – Eu preciso pensar.

WANDIR – Ou é ou acabou.

PENHA – Você está falando sério?

WANDIR – É tua folga que eu sei.

PENHA – Wandir...

WANDIR – Você vai?

PENHA – Tenho que visitar minha avó amanhã.

WANDIR – E mais à tarde? Penha, decide.

PENHA – (*acuada*) Tá, tá. (*solene*) Eu vou.

WANDIR – Eu saio do trabalho às quatro. Chego no Leme rapidinho.

PENHA – Então às cinco, no Leme Palace.
WANDIR – Positivo.
PENHA – Feliz?
WANDIR – Demais. (*firmando a voz*) Não vai faltar, hem?
PENHA – Juro que não.
WANDIR – É sério. Se você não aparecer amanhã, eu desisto. Ouviu?
PENHA – Vou estar lá. Pelo seu aniversário.

Na Casa da Avó

Uma casa humilde, numa vila de Botafogo. Penha abre a porta. Sua avó está varrendo a sala. É uma negra, muito velha e grisalha.

PENHA – Vó! Já disse que a senhora não tem mais idade pra pegar no pesado. Vai acabar tendo um troço. Deixa que eu varro.
AVÓ – De jeito manera. Você toda elegante assim... Vai casar, é?
PENHA – Ainda não. O capricho é porque vou conhecer o Wandir logo mais à tarde.

AVÓ – O namorado do telefone?
PENHA – O amor da minha vida, vó. Nunca senti igual por nenhum outro.
AVÓ – Filha, para ser o amor da tua vida, você brincou muito com esse homem. Se sua mãe estivesse viva, ia achar ruim.
PENHA – Acabou, vó. Agora vamos namorar que nem todo mundo. Já tive a prova de amor que eu precisava.

A avó treme subitamente, se apóia na vassoura e respira fundo, fechando os olhos.

PENHA – Tudo bem, vó?
AVÓ – (*com a mão no peito*) Pega o remedinho lá na mesa do quarto, meu bem?

Penha sai da sala apressada. A avó luta contra o mal estar. Fecha os olhos novamente e cai, desacordada.

Na Delegacia

Wandir conversa com três colegas policiais, Anderson, seu melhor amigo, Bernardo e Claudomiro.

ANDERSON – Então é hoje, né, seu Wandir? Parabéns, pelo aniversário e pela paciência com essa maluca da tua namorada.
WANDIR – Não fala assim, Anderson. Eu quis esperar. Agora chegou o dia.
ANDERSON – E se ela for um jaburu desdentado?
WANDIR – A gente trocou retratos uma vez, pelo correio. Jaburu eu sei que não é.
CLAUDOMIRO – Por que a idéia de namorar pelo telefone?
WANDIR – Disse que era um jeito de me conhecer melhor.
BERNARDO – Coisa mais doida.
WANDIR – Pra uma telefonista, a Penha diz que é normal.
CLAUDOMIRO – Nunca namorei nenhuma para saber.

WANDIR – A verdade é que fui ficando cada vez mais ligado nela.
ANDERSON – Também, depois de um ano de punheta.

Os quatro riem.

ANDERSON – E se a garota não tivesse topado o encontro hoje, o que você ia fazer?
WANDIR – Nada. Ia esperar o quanto fosse.

Anderson faz uma careta. Toca o telefone na delegacia. Claudomiro vai atender.

CLAUDOMIRO – Alô, Delegacia de Polícia. Soldado Claudomiro falando. (*pausa*) Estamos indo pra aí.
BERNARDO – Que foi?
CLAUDOMIRO – Mataram um moleque na favela aqui do lado. Dois caras. Ainda estão por lá.
ANDERSON – Acabou a folga.

Os quatro se levantam e apanham suas armas. Wandir grita para outro PM.

WANDIR – Cuida do telefone! Vamos sair.

Os quatro saem correndo da delegacia.

NA CASA DA AVÓ

A sala está cheia de familiares. Em cima da mesa de jantar, a avó dentro do caixão. Penha implora à tia, uma velha negra e de luto.

PENHA – Pelo amor de Deus, tia...
TIA – (*ranzinza*) O enterro vai sair às cinco horas.
PENHA – Mas por que justamente às cinco?
TIA – Porque a mãe era minha e sou eu quem digo quando ela vai ser enterrada.
PENHA – Tia, a senhora sabe como esse encontro é importante pra mim. Todo mundo sabe.
TIA – Me admira você, que era a neta preferida, não querer ir ao enterro.
PENHA – Não estou dizendo que não vou.
TIA – (*sádica*) Contigo, ela era só amor.
PENHA – Mas eu já tinha marcado. É aniversário dele

hoje. Só preciso ir lá e explicar. Depois eu volto.
TIA – Não. Vai agora, se quiser.
PENHA – Agora ele está no trabalho.
TIA – Azar o seu.

A tia se afasta. Penha tenta controlar o choro. Uma jovem se aproxima.

PENHA – Oi, prima.
PRIMA – (*enfática*) Penha, deixa de ser boba. Vai encontrar com ele sim.
PENHA – Mas eu queria estar no enterro da vó.
PRIMA – A vovó já morreu. Não adianta se sacrificar por ela.

Em dúvida, Penha olha para o caixão.

Na Favela

Um grupo de moradores está reunido na entrada de um beco na favela. Entre eles, uma lavadeira com a camisa da seleção e um nordestino gabiru. Os quatro policiais chegam correndo. Ao se aproximarem, os moradores apontam-lhes o cadáver do menino assassinado. Os PMs olham-no de longe.

WANDIR – (*aos moradores*) Pra onde eles fugiram?
LAVADEIRA – (*apontando para o beco*) Correro praí.
WANDIR – E onde dá esse beco?
LAVADEIRA – Ele volteia um monte e acaba num muro que dá no barranco.
NORDESTINO – É sem saída.

Wandir e Anderson se entreolham.

ANDERSON – Vamos ter que ir.
WANDIR – Que jeito...

Wandir instrui Bernardo e Claudomiro, os outros dois PMs.

WANDIR – Vocês dão um tempo aí. Saindo tiro, um vem ajudar e o outro volta pra chamar reforço.

Wandir e Anderson sacam suas armas e começam a se esgueirar pelo beco.

No Beco

Wandir e Anderson se embrenham num labirinto silencioso de muros e barracos. Eles avançam de arma em punho, cautelosamente escondendo-se atrás de caixotes, nos vãos das casas, atrás de tanques de alvenaria. Wandir orienta o avanço com sinais. Ouvem-se alguns latidos, depois pequenos barulhos. Eles param e aguçam os ouvidos. Silêncio total.

WANDIR – (*apontando*) Consegue chegar ali?
ANDERSON – Dá pra tentar.
WANDIR – Então vai.

Anderson se agacha e sai correndo de trás do muro que o protegia. Wandir observa a ação do colega. Um tiro. Wandir se assusta. Anderson chega a um barraco e se apóia na parede.

WANDIR – (*gritando*) Tudo bem?

Anderson faz sinal de negativo e cai sentado no chão. Wandir vê que o colega está ferido no braço e sai atirando para o vazio, correndo em sua direção. Ele chega do lado de Anderson.

WANDIR – Filhos da puta!
ANDERSON – (*gemendo de dor*) Estão de tocaia. Vão comer a gente aos poucos.

De onde está escondido, Wandir observa o beco, com a arma na mão. Num reflexo, atira e atinge o primeiro bandido, que cai morto de um telhado.

WANDIR – Um a um. De virada é mais gostoso. E o seu ferimento é leve.
ANDERSON – Não vai mais.
WANDIR – (*enquanto recarrega a arma*) Eu volto. Hoje vou conhecer o meu amor. Tô de corpo fechado.

Wandir sai rumo ao miolo do beco.

Na Casa da Avó

Penha se aproxima da tia, que reza mecanicamente num canto da sala.

PENHA – Tia...
TIA – O que você quer agora?
PENHA – A senhora venceu. Eu não tenho coragem de faltar no enterro da minha avó. O Wandir vai ter que entender.
TIA – (*sádica*) É normal a moça se fazer de difícil. Eles até gostam desse charme. O seu namorado que o diga.
PENHA – (*ríspida*) Satisfeita agora?

As duas se encaram com raiva. Penha sai de perto.

No Beco

Wandir atrás de uma pilha de caixotes. Alguém, escondido num barraco escuro, o está observando. Ripas de madeira quebradas na janela atrapalham a visão.

Um cano de revólver se esgueira por entre as ripas, mirando em Wandir. Explode o primeiro tiro. Wandir estremece com o impacto, procurando de onde veio. Outro tiro, e mais outro. Wandir cambaleia. Mais um tiro. O corpo de Wandir desaba em cima dos caixotes.

No Saguão das Capelas

O cemitério fica na zona norte. Faz um calor miserável. Todas as capelas estão cheias, menos uma. Muitas caras fúnebres no saguão. Em frente à capela onde está o caixão de sua avó, Penha fala ao telefone.

PENHA — Alô, é da delegacia? O Wandir tá aí? Não? Quando ele aparecer, diz que a Penha ligou e que eu torno a ligar. Não esquece, moço? É importante.

Penha desliga o telefone. Olha no relógio, preocupada.

No Beco

Alguns policiais estão saindo do beco, arrastando os cadáveres dos dois bandidos. Wandir está deitado no chão, ferido, amparado por Bernardo e Claudomiro. Anderson se aproxima deles, com o braço numa tipóia.

ANDERSON – Wandir, a ambulância já tá chegando.
WANDIR – (*com voz fraca e ofegante*) Quatro tiros...
ANDERSON – Fica calmo.
WANDIR – Vou morrer.

Anderson, Bernardo e Claudomiro se entreolham.

WANDIR – (*agonizante*) A Penha... explica pra ela...
BERNARDO – Não desiste.

Wandir agarra o braço de Bernardo.

WANDIR – Pra Penha... jura?
BERNARDO – Fica firme.
WANDIR – Jura?

BERNARDO – Fica firme, Wandir.
CLAUDOMIRO – Wandir!

No Saguão das Capelas

Calor infernal. O cemitério continua lotado. Apenas uma capela vazia. Penha olha num relógio de parede, que marca 15:30. Disca ansiosa o telefone.

PENHA – Alô, o Wandir está? Ai, meu Deus. Moço, o senhor dá um recado? Diz que a Penha ligou, que teve uma morte na família, e que não vou poder encontrar com ele. Não esquece? É muito importante.

Num Corredor do IML

Bernardo e Claudomiro estão sentados num banco muito comprido, junto à parede. De dentro de uma sala em frente sai Anderson, sempre com o braço na tipóia, e junta-se a eles.

ANDERSON – Vão liberar o corpo, já já.
CLAUDOMIRO – Ele tinha família?
ANDERSON – Sozinho no mundo.
BERNARDO – O que a gente precisa mesmo é falar com a tal da Penha.
ANDERSON – Eu não. Essa maluca fez gato-sapato do Wandir.
CLAUDOMIRO – Mas ele pediu!
ANDERSON – O Wandir era o meu melhor amigo, mas essa mulher eu não perdôo.
BERNARDO – Até parece que a coitada teve culpa no que aconteceu.
ANDERSON – (*convicto*) Pra mim teve. Brincou com o amor dele. O cara era um solitário.

Bernardo e Claudomiro se entreolham.

No Saguão das Capelas

O relógio de parede marca 16:59. Penha está aflita. Sua prima chega até ela.

PRIMA – Conseguiu desmarcar?
PENHA – Que nada. Ele saiu e não voltou mais para a delegacia.
PRIMA – Depois você explica.
PENHA – Hoje é aniversário dele, e eu já fiz o coitado esperar tanto. Estou morrendo de culpa.
PRIMA – (*solidária*) Quando tá combinado, dá problema. Quando é sem querer, todo mundo se encontra.
PENHA – Já são cinco horas. Agora era pra gente estar se abraçando, tomando água de coco na beira da praia, andando pelo calçadão de mão dada...

Um grupo de policiais militares entra no saguão comum às capelas. Eles vêm carregando um caixão fechado, coberto pela bandeira do Brasil. Anderson, Bernardo e Claudomiro estão na frente.

PRIMA – Olha ali o que está chegando. Vai ver eles sabem do teu namorado.
PENHA – Será?

Penha e a prima os observam, enquanto instalam o caixão na última capela vazia.

PENHA – Tenho vergonha de ir lá agora. Estão enterrando um colega.

PRIMA – E daí?

Penha hesita.

PRIMA – (*cutucando-a*) Vai, boba.

Penha decide ir. Ela se aproxima de Anderson, Bernardo e Claudomiro, que, após instalarem o caixão, se encostaram na entrada da capela, em silêncio, abatidos. Claudomiro está acendendo um cigarro.

PENHA – Por favor, vocês trabalham por aqui ou na zona sul?

ANDERSON – Na zona sul. Leme-Copacabana.

PENHA – (*surpresa*) Jura?! Então vocês conhecem o Wandir?

Os três policiais se espantam.

BERNARDO – A senhora é parenta dele?
PENHA – Não, mas eu tinha um encontro marcado com ele hoje às cinco, e aí minha avó morreu e não deu pra ir. Deixei um recado lá na delegacia.
ANDERSON – (*gélido*) Você é a Penha?
PENHA – Sou.

Anderson a fulmina com o olhar. Bernardo está impactado. Claudomiro, também pasmo, apaga o cigarro com um gesto automático.

PENHA – Ele falou de mim?
BERNARDO – E como.

Anderson desvia seu olhar furioso para o colega.

CLAUDOMIRO – Tô até arrepiado de encontrar a senhora aqui.

Anderson se irrita ainda mais. Penha percebe alguma coisa estranha nos soldados.

PENHA – (*apreensiva*) Nosso encontro era agora às cinco. Vocês sabem se ele recebeu o meu recado?
ANDERSON – (*sádico*) Não. Não recebeu. Nenhum de nós recebeu.
PENHA – Mas ele foi se encontrar comigo?
ANDERSON – Também não.
PENHA – (*confusa*) Cadê ele então?

Os três soldados olham para o caixão. Penha não entende.

ANDERSON – Tá aí, ó.

Comida

No Porão

Penumbra num porão de teto baixo. Tapetes enrolados pelos cantos, pacotes de cimento, pilhas de azulejos antigos, alguns caixotes e, sobre estes, dois grandes volumes quadrados, cobertos por capas de lona. Embaixo da escada, onde o teto é ainda mais baixo, está uma pequena mesa, rente ao chão, vazia. As paredes estão re-

pletas de fotografias. Nelas, às vezes juntos, outras não, uma mulher, um bebê, uma criança, um homem.

Luciano desce as escadas e entra no porão. É bonito, na faixa dos quarenta e cinco anos. Traz uma bandeja com pratos, talheres, copos de vinho e guardanapos. Acha o caminho com desenvoltura na penumbra. Alcança o interruptor por instinto. Um pequeno facho de luz incide sobre a mesa. Luciano se ajoelha e começa a pôr três lugares para uma refeição. Com todo o capricho. A louça é fina, os copos são finos, os talheres de prata, os guardanapos bordados.

Na Delicatessen de Alice

Chico e Rita esperando. Ele agitado e ansioso.

CHICO – Ela ainda vai demorar, Rita?
RITA – Calma, Chico. Já vem. Você não disse que a casa desse teu amigo é aqui do lado?
CHICO – Eu sei, mesmo assim.
RITA – Se as mulheres já demoram para se arrumar quando conhecem o homem com quem vão sair, imagina quando não conhecem.

CHICO – Por isso não. Deveria ser mais fácil. Afinal, já que não têm a menor idéia de como é o sujeito, qualquer roupa serve.

RITA – E a tentação de adivinhar o modelito ideal, não conta?

CHICO – Na base da adivinhação a sua amiga não tem chance. O Luciano é uma figura muito diferente.

RITA – Você fala dele de uma maneira... Deve ser um neurótico poderoso.

CHICO – É um cara legal, apesar de tudo.

RITA – Defina esse "tudo".

CHICO – Ele sofreu muito na vida.

RITA – Mas você diz que, às vezes, ele parece meio doido. Não diz?

CHICO – Trabalhamos juntos há anos. Nunca vi ele fazer nenhuma maluquice. É meio travadão, só isso.

RITA – (*risonha*) Chico, as suas análises psicológicas são de uma superficialidade impressionante.

Rita e Chico ficam em silêncio. Ele inverte o assunto.

CHICO – Essa sua amiga mora aqui?
RITA – Em cima é a casa. Aqui embaixo, a loja.
CHICO – E ela, é normal?

Novo silêncio. Chico ainda está ansioso. Ele e Rita vagueiam pela delicatessen, examinando prateleiras repletas de produtos importados e livros ilustrados de culinária. São interrompidos por outra jovem, que desce as escadas.

RITA – Alice! Que bom que você chegou. O homem aqui está inquieto, ansioso para fisgar o tal amigo.

Os três se cumprimentam.

CHICO – Então agora vamos. Senão ele escapa.

Chico abre a porta. Saem todos.

No Porão

Luciano arremata sua bela mesa com um enfeite de centro. Levanta-se e vai até onde estão os dois volumes quadrados e cobertos de lona. Lentamente, retira suas capas. São gaiolas.

LUCIANO – (*carinhosamente*) Prontas para jantar?

Em cada gaiola, uma ratazana se mexe. Por entre as grades, Luciano acaricia-as com a ponta dos dedos. Elas recebem o carinho como bichos de estimação.

LUCIANO – (*dirigindo-se a uma delas*) A mesa está arrumada como você gosta, (*então à outra*) e tenho a sobremesa preferida da senhorita.

As ratazanas dão pequenos guinchos.

LUCIANO – Não adianta. É segredo.

As ratazanas continuam guinchando.

LUCIANO – Mais um pouquinho e eu trago.

Luciano sobe as escadas. As ratazanas circulam pelas gaiolas, que rangem baixinho.

No Carro de Chico

É noite e as ruas da cidade estão vazias. Chico dirige, Rita está a seu lado. Alice, do banco de trás, está debruçada entre o casal.

CHICO – O nome dele é Luciano. Desde que entrou na firma, nunca teve ninguém.
ALICE – Como você sabe?
CHICO – Todo mundo sabe. E digo mais, acho que ele está sozinho desde que perdeu a mulher e a filha.
ALICE – Perdeu?
CHICO – Morreram, num acidente de automóvel.
ALICE – Quanto tempo tem isso?
CHICO – Não sei direito. O Luciano não fala muito no assunto. Mas faz uns dez anos, por aí.
RITA – Dez anos sem sexo, o cara deve ser doido de pedra. Não tinha nada melhor para a minha amiga, não, hem?
CHICO – Ele é todo certinho, superfechado, mas é gente fina. E eu, se fosse mulher, ia achar ele bem bonitão.

RITA – Bonitão e pancada.
ALICE – Eu bem que gosto dos homens problemáticos. São mais interessantes.
RITA – Então esse aí é um prato cheio.
ALICE – (*para Chico*) E você não avisou que iria baixar na casa dele com a sua namorada e mais uma amiga?
CHICO – Não. Se eu contasse, ele ia inventar mil desculpas para se livrar da visita e, mesmo eu insistindo, era capaz de sair para despistar. Temos que chegar na cara-de-pau.
RITA – (*irônica*) Ele faz isso por timidez, suponho.
CHICO – Timidez também, com certeza. Mas ele sofreu muito. Acho que ficou meio traumatizado.
ALICE – E quem te garante que ele quer arrumar uma namorada?
CHICO – O nosso desafio é justamente fazer ele querer. Eu prometi ao pessoal do escritório que ia conseguir.
RITA – (*para Alice*) Já entendeu, não é? Trata-se de uma experiência com um animal perigoso, e você é a isca.

Os três riem. Chico estaciona o automóvel em frente da casa de Luciano.

CHICO – Pronto.

Na Cozinha

Luciano, de avental, joga ervas aromáticas num molho de tomate que está no fogo. Cheira o ar e faz uma careta de prazer. Ele põe frutos do mar no molho, mexilhões, camarões, pedaços de lagosta, um de cada vez, delicadamente.
– Profumo di mare...
Ele pega outra panela e, com uma peneira, coa um caldo escuro, separando-o dos cogumelos que havia refogado. Derrama o caldo num pote com medidor. Então derrama o caldo no molho de tomate.
– E di bosco...
Ele prova o molho e estala a língua. Enquanto o molho ferve, Luciano começa a abrir uma garrafa de vinho. Tem dificuldade. A rolha não sai. Ele ouve a campainha tocar e se assusta. Desliga o fogo, limpa as mãos no avental e vai atender.

Na Entrada da Casa

Luciano abre a porta.

LUCIANO – (*surpreso*) Chico?
CHICO – (*afetando intimidade*) Grande Luciano! Desculpe aparecer sem avisar.
LUCIANO – Você por aqui? Aconteceu alguma coisa?
CHICO – Nada demais. Essa é a Rita, minha namorada, e essa é a Alice, uma amiga dela.
LUCIANO – (*educado, mas sem se aproximar*) Oi.

As duas sorriem de volta.

CHICO – A gente tem uma festa aqui perto, mas confundimos o horário e chegamos meio cedo. Podemos fazer uma horinha?
LUCIANO – Aqui?
CHICO – Meia hora, quarenta minutos, no máximo.

Luciano não diz nada. Fica olhando para eles, atônito, enquanto esperam sua resposta. Por um momento, parece que ele vai se recusar a deixá-los ficar.

ALICE – (*para Luciano, quebrando o silêncio*) Eu não te conheço de algum lugar?

Todos olham-na assustados, Luciano sobretudo.

LUCIANO – A mim? Acho difícil...
ALICE – A delicatessen aqui do bairro. Você não vai sempre lá?
LUCIANO – (*embaraçado*) É.

Alice e Rita sorriem.

ALICE – Eu sou a dona da loja.
LUCIANO – Você?
ALICE – Nunca me viu?
LUCIANO – (*forçando a memória*) Vi, estou lembrando. A inventora da técnica para amaciar carne de pato.
ALICE – Em pessoa.
LUCIANO – Ouvi você contando para uma freguesa, e testei. Funciona.

Alice sorri. Luciano a estuda com os olhos.

CHICO – Então, podemos ficar? Quebra esse galho?
LUCIANO – (*constrangido*) A casa está uma bagunça.
CHICO – Ninguém vai reparar.
LUCIANO – Não sei se vou ser boa companhia.
CHICO – Deixa de bobagem. (*para Rita e Alice*) Vamos entrando.

Chico entra e faz um gesto para que as mulheres o sigam. Tenso, Luciano assiste-os invadindo sua casa.

Na Sala

Chico se joga numa poltrona. Luciano fica em pé, com um ar de perplexidade. Rita e Alice penduram as bolsas numa chapeleira.

RITA – (*com admiração*) Nossa! Olha os móveis dele...
LUCIANO – São...
ALICE – (*interrompendo-o*) Que cheiro delicioso de comida. Você deve cozinhar bem.

LUCIANO – Eu...

CHICO – (*interrompendo-o*) Tem um treco aí pra gente tomar?

Luciano se cala de vez. Está arisco, intimidado.

CHICO – Hem, Luciano, tem alguma coisa para beber?

LUCIANO – (*cerimonioso e humilde*) Um vinho. Está bom?

RITA – Branco ou tinto?

CHICO – (*repreendendo-a com o olhar*) Tanto faz. Está ótimo.

ALICE – Também aceito.

LUCIANO – Vou pegar lá na cozinha. Um momento.

ALICE – Deixa que eu te ajudo.

LUCIANO – (*enfático*) Não precisa. (*mais suave*) Obrigado.

Luciano sai. Enquanto Chico examina o ambiente, as duas amigas se juntam e começam a sussurrar.

RITA – O que você achou dele?

ALICE – Bonito assim, prometo que eu nem ligo se for maluco.
RITA – Claro. E faz um tipo misterioso que é um charme.
ALICE – Mas com um jeitinho desprotegido... Adorei!
RITA – E já vai atacar?
ALICE – Calma, filha. Mal vi o homem.
RITA – O Chico acha que tem que entrar de sola.
ALICE – Ainda não deu para sentir. Vou ajudar na cozinha, e ver como ele reage.
RITA – Boa.

Alice sai. Rita se volta para Chico. Ela faz sinal de positivo.

NA COZINHA

Luciano arranca a rolha da garrafa e coloca-a numa bandeja. Entra Alice. Ele fica tenso.

ALICE – Vim ver se você não precisa de alguma coisa.
LUCIANO – Não. Consegui abrir.

ALICE – Onde ficam os copos?
LUCIANO – Deixa que eu pego.
ALICE – Fala onde.
LUCIANO – Naquele armário.
ALICE – (*abrindo o armário*) Copo de vinho aqui só tem dois. Não tem mais nenhum?
LUCIANO – Ah! É... os outros eu... eu... estão guardados.
ALICE – Tudo bem. Os gulosos tomam nesses de água, perfeitamente.
LUCIANO – Bota em cima da bandeja.
ALICE – (*enquanto tira os copos do armário*) Mas o cheiro da tua comida é mesmo delicioso.
LUCIANO – Por enquanto é só um molho, para o macarrão.
ALICE – Posso ver?

Alice põe os copos na bandeja e chega perto do fogão para olhar o que está na panela.

ALICE – Que lindo!
LUCIANO – (*traindo uma ponta de orgulho*) Obrigado.

ALICE – Adoro frutos do mar.
LUCIANO – É uma receita especial. Um segredo.
ALICE – Posso provar?
LUCIANO – Pode.

Alice prova o molho.

ALICE – Realmente. Tem um gostinho diferente. O que é?
LUCIANO – É o segredo.

Alice dá uma risadinha.

LUCIANO – Qual é a graça?
ALICE – Você. Meu melhor freguês tinha que ser um grande cozinheiro. É sinal de que estou cumprindo minha missão social. (*subitamente desanimada*) Mas...
LUCIANO – O quê?
ALICE – Você deve estar esperando alguém, para fazer um molho caprichado assim.
LUCIANO – (*humilde*) Obrigado.

ALICE – De nada. (*pausa*) Você está esperando alguém ou não está?

LUCIANO – Eu? Não.

ALICE – Você está mentindo.

LUCIANO – (*nervoso*) Por que eu mentiria?

ALICE – Não sei, mas toda pessoa sozinha que diz não para essa pergunta está mentindo.

Luciano fica desarmado. Alice o encara. Pinta um clima.

LUCIANO – (*arredio*) Eu vivo sozinho. Cozinhar é o meu hobby.

Alice continua encarando-o. Num acesso de timidez, Luciano se apressa em terminar a arrumação da bandeja.

LUCIANO – Vamos lá?

Alice sai na frente, animada. Luciano a segue, equilibrando a bandeja.

Na Sala

Chico e Rita, sentados no sofá, folheiam uma revista. Deixam-na de lado quando vêem Alice e Luciano chegar.

ALICE — Vocês não fazem uma idéia do que eu vi lá na cozinha.
RITA — (*capciosa*) Nem me diga...

Luciano põe a bandeja na mesa e começa a servir o vinho para todos.

ALICE — Um molho de frutos do mar perturbador. Maravilhoso.
LUCIANO — (*humilde, mas gostando*) É exagero dela. Estou fazendo um macarrão, só isso.
CHICO — (*malicioso*) Para alguém especial?
LUCIANO — Não.
RITA — Adoro comida de homem. Posso ver, Luciano?
LUCIANO — Não tem nada demais...

Rita sai em direção à cozinha. Luciano segue-a com os olhos, perplexo com sua falta de cerimônia.

ALICE – Não estou exagerando coisíssima nenhuma. O molho é fora de série.

CHICO – Só de ouvir estou ficando com fome.

Paira o silêncio por alguns instantes. Rita volta da cozinha.

RITA – Parece molho de anúncio. Uma beleza.

ALICE – Luciano, sinceramente, faz tempo que uma receita não me deixa tão intrigada.

LUCIANO – (*satisfeito com os elogios, mas ainda arredio*) É o segredo.

ALICE – Eu acabo descobrindo.

CHICO – (*aproveitando a deixa*) Mas se o desafio é descobrir, está resolvido. Jantamos aqui.

LUCIANO – Hoje?!

CHICO – Claro. Eu também quero descobrir o segredo desse molho. Se você não está esperando ninguém...

LUCIANO – Mas e a festa de vocês?

CHICO – Não seja por isso.

RITA – Na verdade, Luciano, todo mundo estava achando um saco ir nessa festa.

ALICE – Ainda mais se a opção é ficar pro banquete...

LUCIANO – (*atônito*) Banquete...

ALICE – Você é o primeiro cozinheiro modesto que eu conheço. Em geral eles adoram platéia.

LUCIANO – Estou desacostumado e... e...

CHICO – Podemos ficar ou não?

Os três encaram Luciano, novamente constrangendo-o. Ele hesita um instante, mas não vê saída.

LUCIANO – Se vocês querem mesmo, vou botar a mesa.

Luciano sai. Rita, Alice e Chico comemoram em silêncio.

Na Sala

Ao final da refeição, Luciano é o único que tem o prato ainda cheio. Está com um ar preocupado. Chico é o primeiro a terminar. Ele joga o corpo para trás na cadeira, empinando a barriga.

CHICO – Isso foi melhor do que sexo. Parabéns.
LUCIANO – Obrigado.
CHICO – Eu me senti em casa.
RITA – Um banquete desses, na tua casa? Desde quando?
CHICO – Não estou falando da comida. Só que o Luciano é como eu, não tem talher igual para todo mundo, não tem copo de vinho igual...
RITA – Chico!
CHICO – Uma comida boa assim, e sem frescura. É elogio.
RITA – Deixa de ser grosso, Chico.
LUCIANO – Ele tem razão. Peço desculpas.
RITA – Estava uma delícia, Luciano.

Luciano aquiesce, sem responder. Alice o observa.

ALICE – (*indicando o prato de Luciano*) Ainda bem que ficamos para jantar. Se dependesse de você, ia sobrar o macarrão todinho.

LUCIANO – (*disfarçando*) Acho que a bebida tirou minha fome.
CHICO – E de sobremesa, o que nosso *chef* vai oferecer?
LUCIANO – (*sorrindo melancolicamente*) Aí vou ficar devendo. A única sobremesa hoje ia ser sorvete Copa de Ouro.
CHICO – Copa de Ouro!
LUCIANO – E pior: comprei três, um a menos.
CHICO – Isso não é o problema, é a diferença. Começa com macarrão ao frutos do mar e termina de sorvete Copa de Ouro? Parece até sobremesa de pobre. Ou de criança!

Luciano estremece. Alice percebe. Rita percebe. Até Chico percebe que sua última frase caiu errado. Constrangimento geral.

LUCIANO – Vou tirar a mesa.

Ele se levanta, recolhe os pratos e sai em direção à cozinha. Os três amigos se entreolham. Alice se levanta, pega a travessa e vai atrás de Luciano.

Na Cozinha

Luciano está cabisbaixo, empilhando a louça na pia. Alice chega com a travessa.

ALICE – Onde eu posso botar?
LUCIANO – Pode deixar aí.

Alice larga a travessa na bancada da pia.

ALICE – Você ficou chateado com a piadinha do Chico?
LUCIANO – Estou acostumado com ele.

Luciano joga o resto do macarrão no lixo, abre a torneira e passa uma água na travessa. Alice observa.

ALICE – Você tem empregada?
LUCIANO – Não.
ALICE – Então vamos lavar juntos.
LUCIANO – Não se preocupe.

Um instante de silêncio entre os dois.

ALICE – O Chico tinha me avisado que você é neuroticamente ciumento da sua privacidade, mas lavar pratos não chega a ser uma invasão, chega?
LUCIANO – (*ácido*) Ele avisou, foi? E mesmo assim vocês vieram?
ALICE – (*magoada*) Se você quiser, a gente vai embora já.
LUCIANO – (*arrependido*) Perdão, Alice. Não sei o que me deu. Me sinto estranho com muita gente em casa.

Os dois se olham significativamente. Luciano pega na mão dela, carinhoso.

LUCIANO – Me desculpe a grosseria. Eu não esperava... (*ele respira fundo*) gostar tanto do nosso jantar. Adorei nossas conversas gastronômicas.

Ela sorri docemente.

ALICE – Mas jantar que é bom, você não jantou.

Os dois se olham, calados. Guinchos longínquos e o barulho de metal sendo arranhado vêm do porão.

ALICE – O que é isso?
LUCIANO – (*aflito, fazendo sinal para que ela o espere*) Já volto.

Luciano sai em direção ao porão e bate a porta atrás de si. Alice fica sem entender.

No Porão

Luciano desce as escadas afobado. As ratazanas se agitam dentro das gaiolas, que balançam e rangem. Luciano cobre as gaiolas com as capas de lona.

LUCIANO – Perdão. É só mais um pouco.

Ele sai correndo em direção às escadas.

Na Cozinha

Luciano chega de volta. Fecha a porta que dá para o porão. Alice olha-o com estranheza.

ALICE – Tudo bem?
LUCIANO – (*nervoso*) Tudo.

Alice o encara. Luciano se movimenta pela cozinha, evitando seu olhar.

ALICE – O que era?
LUCIANO – O quê?
ALICE – O barulho.
LUCIANO – Ah. Nada demais.
ALICE – Você parece assustado.
LUCIANO – Não. É impressão. (*pausa*) Sabe quando você não entende o que está sentindo?
ALICE – (*gostando do que ouviu*) Sei.

Novo silêncio entre os dois.

ALICE – (*querendo ganhar intimidade*) Você cozinhava muito para a sua família?

LUCIANO – (*assustado*) Como você sabe da minha família?

ALICE – O Chico... Mas, sem falar no assunto, você não fala de outra coisa.

Luciano a encara, sondando o motivo daquele interesse.

LUCIANO – (*cauteloso*) Eu cozinhava para elas da hora em que chegava do trabalho até a hora do jantar. Nós ficávamos muito na cozinha, conversando, enquanto eu fazia tudo.

ALICE – Que inveja.

LUCIANO – (*desarmado*) Minha mulher tinha o maior orgulho de não sermos aquelas famílias que ficam idiotizadas na frente da televisão.

ALICE – Eu imagino.

LUCIANO – Éramos casados há oito anos. Nossa filha tinha seis.

ALICE – Deve ter sido muito duro...

LUCIANO – (*fugindo das lembranças*) Para alguém "neuroticamente ciumento da minha privacidade", eu falo demais.
ALICE – (*carinhosa*) Você tem assunto.

Os dois se olham.

LUCIANO – Vamos, vamos para a sala.
ALICE – (*segurando-o pelo braço*) Posso te perguntar uma coisa?
LUCIANO – Diga.
ALICE – Você acha que algum dia conseguirá se apaixonar novamente?
LUCIANO – (*embaraçado*) Que pergunta...
ALICE – Como qualquer outra.
LUCIANO – Eu não sei...

Ela aproxima seu rosto do dele.

ALICE – (*falando muito baixo*) Você realmente não tem ninguém há dez anos?
LUCIANO – (*ferido e ao mesmo tempo másculo, olhando-a nos olhos*) Ninguém.

Ela roça vagarosamente seus lábios nos de Luciano. Ele, a princípio estático, começa a corresponder. Beijam-se. De supetão, Luciano arranca seus lábios dos dela.

LUCIANO – (*nervoso*) Alice, não dá.
ALICE – Por quê? Você já é viúvo há tanto tempo.
LUCIANO – O tempo é uma coisa muito relativa.
ALICE – Tudo pode ser relativo, menos o tempo.

Alice tenta beijá-lo novamente. Luciano se esquiva. Alice recua.

ALICE – Tudo bem. Outra hora, querendo, me liga.

Luciano vai para a sala, apressado. Alice fica pensativa e sai da cozinha logo depois.

No Porão

O porão no escuro. As ratazanas em suas gaiolas. Diante delas, ajoelhado, está Luciano. As ratazanas dão pequenos guinchos.

LUCIANO – Eu não soube como evitar.

As ratazanas se agitam, fazendo as gaiolas começarem a ranger. Luciano abaixa a cabeça.

LUCIANO – Eu não queria.

As ratazanas guincham mais forte. Correm de um lado para o outro, sacudindo as gaiolas.

Na Delicatessen

Alice está arrumando algumas prateleiras em sua delicatessen. Rita chega.

RITA – E aí, minha filha? As novidades...

As duas trocam beijinhos.

ALICE – Desisto. Ele não vai ligar. Já faz duas semanas.
RITA – É cedo pra jogar a toalha. Deixar ele à vontade para tomar a iniciativa é uma tática infalível, desde que você tenha paciência.

ALICE – O teu namorado disse que fui, bem, pouco ousada...

RITA – Falar é fácil.

ALICE – (*suspirando*) No fundo, acho que o Luciano até gostou de mim, mas não por nenhuma tática.

RITA – Por quê, então?

ALICE – Por eu gostar de cozinha. Eu ser dona da delicatessen. Pequenos detalhes gastronômicos. Agora, daí a ele querer alguma coisa comigo...

RITA – (*cética*) Você acha mesmo que isso foi importante?

ALICE – Olha, até aquela noite, ele vinha quase todo dia aqui na loja.

RITA – E de lá para cá?

ALICE – Sumiu. Mas o cara é vidrado em cozinha, em receitas. Conhece tudo. Estou até pesquisando para ver se consigo descobrir o segredo daquele molho que fez para nós. Tenho o palpite que de, para ele, a comida é uma chave importante.

RITA – (*maliciosa*) O que você está sugerindo? Alguma tara exótica?

ALICE – Falando sério. Ele cozinhava para a mulher e a filha todos os dias, religiosamente.

RITA – Se isso é verdade, eu já sei qual o nosso próximo passo.

ALICE – Qual?

RITA – Fazer ele cozinhar para você! A mulher que conseguir isso ganhou o jogo.

ALICE – Eu não consegui nem que ele me telefonasse.

RITA – O jeito é armar uma situação. Como da primeira vez.

ALICE – Será que vale a pena?

RITA – Ah, Alice, qual é! O Luciano é um charme, um homem maduro... Meio sofrido, meio intelectual... Exatamente o tipo que você gosta.

ALICE – O teu namorado me parece um cara tão menos complicado. Às vezes eu queria ter um que nem ele.

RITA – O Chico é bofão. É assim que eu gosto de homem. Mas, acredite, você não agüentaria cinco minutos.

ALICE – (*desanimada*) Verdade. Só estou é de saco cheio desses homens problemáticos, que estão sempre saindo de uma história, de um rolo. Quanto mais gostoso mais complicado.

RITA – Homem ou é óbvio demais ou fechado demais.
ALICE – E eu não sei?
RITA – Então lembra: vamos pegar ele no pulo.

Alice está de rosto baixo.

RITA – Não quero desânimo.

Alice levanta o rosto.

RITA – Vai dar certo.

Alice sorri.

Em Outra Delicatessen

Luciano está diante de uma prateleira, segurando uma cestinha cheia de produtos importados. Alice chega por trás dele e agarra seu braço.

ALICE – Luciano! Traidor!
LUCIANO – (*surpreso e embaraçado*) Oi...

ALICE – Eu sabia! Quinze dias sem aparecer, só podia ter me trocado pela concorrência.

LUCIANO – É... mudei o caminho que eu fazia do trabalho para casa.

ALICE – Puxa, muito obrigado. Então eu perco meu melhor freguês por uma besteira dessas? (*mudando de tom*) Para não falar do amigo.

LUCIANO – Estou só comprando um jantarzinho. Coisa pequena.

ALICE – E daí? É rejeição profunda assim mesmo.

LUCIANO – (*mais embaraçado*) Não é isso. (*abaixando o rosto*) Desculpe.

Alice observa-o. Fica enternecida.

ALICE – Desculpo, com uma condição.

LUCIANO – Qual?

ALICE – Você larga essa porcariada aí, passamos na minha loja, pegamos tudo o que for preciso para aquele macarrão maravilhoso, uns vinhos, e vamos para a sua casa.

Luciano encara Alice, desconfiado.

ALICE – Que que foi?
LUCIANO – Por que você está fazendo isso?
ALICE – Isso o quê?
LUCIANO – Querendo se aproximar de mim?
ALICE – Não pode?
LUCIANO – Eu queria entender por quê.
ALICE – (*ironizando a própria malícia*) Porque gostei do seu molho.
LUCIANO – Não estou brincando...
ALICE – Nem eu. (*pausa, e num tom amigável*) É só um jantar, Luciano.
LUCIANO – Você gostou mesmo da minha comida? Mais que o normal?
ALICE – Você acha que é todo dia que não consigo adivinhar os ingredientes de um molho de macarrão? Eu trabalho no ramo. Me senti uma cretina.
LUCIANO – Besteira.
ALICE – Mas fui atrás, e já tenho uma hipótese.
LUCIANO – (*subitamente interessado*) Ah, é?
ALICE – Eu demorei, mas acho que descobri.

LUCIANO – Será?

ALICE – Se eu acertar, você repete a dose hoje, na sua casa?

LUCIANO – (*animado, desafiando*) Você não vai acertar.

ALICE – Vamos ver. (*pigarreando e empostando a voz*) O toque diferente da receita é que ela combina sabores do mar com os do campo.

O ar brincalhão de Luciano desaparece.

ALICE – A parte do mar é evidente, os camarões, as lagostas, etcétera. O segredo está em como você dá o toque campestre.

LUCIANO – (*sério*) Continue...

ALICE – Normalmente esse toque é dado por ervas e por cogumelos secos. Mas você, para o molho não ficar tão forte, usa só um caldo de funghi, muito leve.

LUCIANO – (*encantado*) Acertou.

ALICE – Aquilo era um molho *al profumo di bosco e di mare*.

LUCIANO – (*ainda mais encantado*) Estou sem saber o que dizer.

ALICE – Isso não é novidade. (*suavemente*) Ganhei a aposta. Vamos?

Luciano hesita. Alice toca em seu braço e começa a puxá-lo muito de leve. Ele ameaça resistir. Ela argumenta em silêncio. Ele acaba se deixando levar. Larga a cestinha numa bancada e os dois saem da delicatessen. De braços dados.

Na Sala

Luciano e Alice estão entrando da rua. Ele carrega sacolas de compras.

LUCIANO – Fique à vontade. Vou botar as coisas na cozinha.

Ele sai, apressado.

Na Cozinha

Luciano coloca as sacolas na bancada da pia e vai correndo em direção ao porão.

No Porão

Luciano desce embalado as escadas. Olha para a mesinha baixa, que está toda arrumada para uma refeição, com três lugares como da outra vez. As gaiolas estão descobertas, mas a penumbra impede que se veja dentro delas. Luciano chega mais perto, ansioso. Estranha o silêncio e a imobilidade nas gaiolas. Ele aproxima o rosto. As ratazanas dão um pulo para a frente e avançam contra as grades.

LUCIANO – (*recuando assustado*) Ah!

Luciano se refaz do susto.

LUCIANO – Não gosto de fazer isso. Juro!

Ele cobre as gaiolas com as capas de lona.

LUCIANO – É por pouco tempo.

Ele sobe as escadas apressadamente.

Na Cozinha

Luciano volta do porão, ligeiramente ofegante. Alice vem da sala. Ao vê-la chegar, ele se atrapalha e esquece a porta aberta.

ALICE – Onde você estava?
LUCIANO – (*nervoso*) No porão.
ALICE – Fazendo o quê?
LUCIANO – Nada. Tinha só que ver umas coisas.
ALICE – O que tem lá?

Luciano finge que não ouviu e começa a reunir os apetrechos para cozinhar. Alice o observa, mas logo desiste da pergunta e vai mexer nas sacolas.

ALICE – Pegamos tudo?
LUCIANO – Acho que sim.
ALICE – O macarrão, os frutos do mar, (*com ênfase*) os benditos funghi, os vinhos...
LUCIANO – Quer abrir uma garrafa já?
ALICE – Com certeza.

Luciano pega o saca-rolha numa gaveta e começa a abrir a primeira garrafa.

ALICE – (*pegando os copos de vinho no armário*) Sabe que numa coisa o Chico tinha razão? Para um *gourmet*, você dá muito pouca importância aos detalhes que compõem a chamada Bela Mesa.
LUCIANO – Não é bem assim.
ALICE – Como é, então?
LUCIANO – É preguiça.
ALICE – Não acredito. Na comida você capricha tanto.
LUCIANO – (*sorrindo*) É que eu fazia a comida, minha mulher é que botava a mesa.
ALICE – Ela não cozinhava nunca?
LUCIANO – (*achando graça*) Mal sabia fritar um ovo.
ALICE – Você devia ser o marido que ela pediu a Deus.
LUCIANO – Cozinhar para elas era um prazer.
ALICE – Você nunca pensou em trabalhar com isso? Abrir um restaurantinho...

Luciano coloca vinho nos copos. Os dois bebem satisfeitos.

LUCIANO – Eu tentei, mas não é para mim.
ALICE – Por quê?
LUCIANO – Eu tinha um restaurante quando me casei. Mas, com o casamento, e ainda mais quando minha filha nasceu, acabei descobrindo que a culinária não fazia parte da minha dimensão profissional. Vendi tudo e mudei de ramo.
ALICE – Não entendi.
LUCIANO – A partir de um certo ponto de envolvimento com a coisa, você não consegue mais cozinhar para qualquer um.

Os dois ficam em silêncio. O ranger metálico das gaiolas recomeça no porão. Alice olha na direção das escadas. Luciano adianta-se e fecha a porta.

ALICE – Aquele barulho de novo. O que é?
LUCIANO – (*evasivo*) É o vento.
ALICE – (*intrigada*) Vento? Mentira.
LUCIANO – É barulho de casa que fica muito vazia.

Luciano se agacha e procura uma panela embaixo da pia. Alice observa-o em silêncio.

No Carro de Chico

Um barulhento engarrafamento noturno. Para avançar poucos metros, Chico dá uma guinada brusca no volante e fecha a passagem de outro automóvel. Pára logo depois. O outro motorista buzina e pisca o farol alto.

CHICO – (*botando a cabeça para fora do carro*) Vá se foder, filho da puta!

RITA – (*irritada*) Ai, Chico, calma. Você não fechou o cara? Então pelo menos deixa ele reclamar.

CHICO – Fechei porque ele vacilou, só por isso.

RITA – Tá bom, Chico, não vou discutir. (*mudando de assunto*) A esta altura, a Alice deve estar na casa do Luciano.

CHICO – Eu acho que vocês duas estão se iludindo. O pessoal do escritório concorda comigo. A Alice já dançou há séculos.

RITA – Dançou coisa nenhuma.

CHICO – O cara está fugindo. Precisa dizer mais? Até mudou de delicatessen.

RITA – Isso foi o gancho perfeito para conseguir uma segunda chance. Escolhemos a hora certa para atacar outra vez.

CHICO – Ela tinha que ter ido de sola, Rita. Eu avisei. Tinha que ter pulado em cima.

RITA – Você não entende a Alice. Ela nunca faria uma coisa dessas.

CHICO – Por isso que dançou.

RITA – O Luciano deu sinais de que uma aproximação mais sutil poderia estar dando certo.

CHICO – "Poderia estar dando", que tempo de verbo é esse?

Rita responde à ironia com uma careta de desprezo.

NA SALA

Música de fundo. Meia-luz. Um brinde. O jantar de Luciano e Alice transcorre suavemente. Expressões de prazer após cada garfada. Luciano fala alguma coisa. Os dois riem muito. Alice segura uma das mãos de Luciano sobre a mesa, entrelaçando seus dedos nos dele. Os dois se olham, apaixonados. Alice se aproxima e o beija. Ele corresponde.

No Carro de Chico

Rita e Chico, ainda no engarrafamento.

RITA – O que você tem que entender, Chico, é que nem todo mundo é bem resolvido que nem a gente. Nem todo mundo sabe o que quer.
CHICO – (*prestando atenção no trânsito*) Tá legal, Rita, tá legal.
RITA – A Alice também é uma pessoa mais sensível, que tem um jeito todo especial de se aproximar dos homens.
CHICO – (*impaciente*) Você tem razão, está certa.

Chico buzina forte.

CHICO – Agora vai!

Ele acelera, dá uma guinada no volante para escapar do engarrafamento e dispara cantando os pneus.

Na Sala

Alice e Luciano já acabaram de comer. Estão de mãos dadas sobre a mesa, se olhando.

ALICE – (*trazendo a mão de Luciano até seu rosto e encostando-o nela, docemente*) O que está acontecendo com a gente, Luciano?

LUCIANO – (*carinhoso*) Você pergunta para mim?

ALICE – Você não vai fugir de novo, vai?

LUCIANO – Acho que não conseguiria mais. Mas só dizer isso já me apavora.

ALICE – E por quê?

LUCIANO – Você sabe...

ALICE – Eu já tive algumas paixões maravilhosas também. Mas quando elas acabavam, nunca perdi a esperança de encontrar uma nova.

LUCIANO – Talvez porque eu não tenha tido algumas. Tenha tido uma, e só. A única mulher com quem me senti à vontade na vida. A única que entendeu o meu jeito de amar.

Alice o encara, fingindo estar brava.

LUCIANO – Até hoje, é claro.
ALICE – Ah, bom.

Ela abre um sorriso e o beija. Os dois se olham. Alice abaixa o rosto, disfarçando um novo sorriso.

LUCIANO – O que foi?
ALICE – Besteira minha. Pensei que você realmente daria um maravilhoso *chef de cuisine* profissional.
LUCIANO – Sem chance.
ALICE – É um crime este seu auto-exílio.
LUCIANO – De qual auto-exílio você está falando? O profissional ou o amoroso?
ALICE – Amoroso? (*novamente fingindo estar brava*) Gafe número dois.

Os dois sorriem.

ALICE – Você tem fotos da época em que tinha o restaurante?

LUCIANO – Para que você quer ver isso?

ALICE – (*brincando*) Só para ter certeza de que você já foi normal.

LUCIANO – Essa é uma frase que minha mulher diria. (*pausa*) Espero não ter acabado de cometer minha gafe número três.

Alice sorri e o beija, apaixonada.

ALICE – Pega a foto. Deixa eu ver.

LUCIANO – Pode demorar um pouquinho. Vou ter que procurar no meu quarto.

ALICE – Eu espero.

Eles se beijam novamente e Luciano sai. Alice se levanta de copo na mão. Saboreia um gole de vinho enquanto seu olhar flutua pela casa. Ela sai em direção à cozinha.

Na Cozinha

Com a mesma expressão satisfeita, Alice passeia os olhos. Abre a geladeira e vê o que tem dentro. É tudo lindo, bem embalado, colorido. Ela sorri, encantada. Começa a brincar consigo mesma. Abre o armário e vê mais e mais mantimentos da melhor qualidade. Encontra a despensa e outra vez fica encantada com a fartura, a qualidade e a organização.

Ela ouve, muito baixinho, guinchos metálicos vindos do porão. Acha estranho, fica séria, pára e ouve outra vez. Abre a porta muito lentamente. Sente os guinchos aumentarem. Bota o rosto pela porta e, apesar da escuridão, vê o início das escadas. Ouve os guinchos perfeitamente agora. Desce as escadas, tateando.

Na Sala

O ambiente está vazio. Um grito de Luciano vem do quarto.

LUCIANO – Já estou indo!

Os restos do jantar sobre a mesa, impassíveis.

No Porão

O porão está escuro. Os guinchos cessaram. Silêncio. Alice repara numa vela acesa no centro da mesinha baixa e nos três lugares ricamente postos para o jantar. Ela acha estranho e tem medo de se aproximar. Repara então nas paredes, cheias de fotos de Luciano, sua mulher e sua filha. Examina-as com atenção.

Inquieta, ela corre os olhos pelo porão. Vê os caixotes, os tapetes enrolados, os livros velhos, os sacos de cimento e os dois volumes cobertos de lona. De dentro deles, começa novamente a ouvir guinchos baixinhos. Os volumes começam a balançar e a ranger. Alice examina-os de longe. Apesar do medo, chega mais perto. Eles balançam mais e os guinchos aumentam. Alice toma coragem e descobre de supetão as duas gaiolas. Vê as ratazanas. Grita, apavorada, e recua com uma careta de horror. Seu olhar bate na mesa posta para o jantar, nas fotos e nas ratazanas. Na mesa, nas fotos e nas ratazanas. Sucessivamente. Acuada, sem saber o que fazer, ela olha para todos os lados. Vê um saco de cimento aberto, jogado pelos cantos. Num impulso, alcança-o e despeja seu conteúdo sobre as gaiolas. *As ratazanas guincham e se debatem alucinadamente, ferindo-se contra as grades. O sangue mistura-se ao pó branco. Alice esvazia o saco de cimento com urgência. Então joga-o de lado e sobe correndo as escadas.*

Na Cozinha

A porta que dá para o porão está encostada. Alice entra ofegante e horrorizada. Grita de susto ao ver que Luciano a está esperando.

ALICE – Você... você...
LUCIANO – (*muito sério*) Alice...
ALICE – Não encosta em mim!
LUCIANO – Você não deveria ter ido lá.
ALICE – Você é louco!
LUCIANO – (*suplicante*) Você não pode me abandonar agora.
ALICE – Eu tenho nojo de você!

Ela tenta fugir. Luciano segura-a pelo braço. Alice consegue se desvencilhar e sai correndo. Luciano fica atônito, olhando na direção em que ela saiu. Ele ouve a porta da rua bater. Logo depois, ouve barulhos longínquos vindos do porão. Parece despertar do choque e vai atrás deles.

No Porão

Luciano desce correndo as escadas. Vai direto ver como estão as gaiolas. As duas ratazanas estão cobertas de pó e de sangue, deitadas de barriga para cima, emitindo guinchos agonizantes. Um espetáculo macabro. Desesperado, Luciano começa a jogar tudo no chão. Derruba os caixotes e, junto com eles, as gaiolas. Espalha os tapetes, avança sobre a mesinha de jantar e espatifa os pratos contra a parede, quebra os copos com as mãos. Ele pára. Está chorando. Suas mãos sangram. Pega o saco de cimento vazio, novamente explodindo de raiva, e joga nele os cadáveres das ratazanas. Tira a foto que está em seu bolso. Nela aparece vestido de cozinheiro, diante de uma mesa enorme, repleta de pessoas sor-

ridentes. Rasga-a com fúria e manda-a para o saco. Começa a arrancar as fotos coladas nas paredes. Cada vez mais desordenadamente, vai arrancando todas, até chegar à última ainda intacta. É a de uma menininha. Luciano fica paralisado ao vê-la de perto. Segura-a com delicadeza. Encosta-se na parede e deixa o corpo escorregar até cair sentado no chão. Ele beija a imagem da filha. E rasga-a também.

a ladeira
lúcia
o hospital

A Ladeira

    Fresca de manhã, suave no fim da tarde; escura de madrugada, deserta; aconchegante no seu ar leve, na quietude superior, e também tirana, cheia de anelos, que nos deixa fugir numa direção preestabelecida. Ponto de equilíbrio, onde a ambigüidade reina absoluta. Mas, sobretudo, familiar. Reconhecível nas horas calmas e nas de turbulência.

    No começo, a ladeira só mostrava o que eu podia ver. Os segredos ela escondia do outro lado da montanha. Depois eu vi tudo; degraus encarapitados uns nos outros, barracos, atmosfera, pivetes, muito calor. Então a ladeira se tornou mais complexa, mais autêntica; demonstrou ser o que eu, sem saber, pressentia, e desse jeito só aumentou em mim a sensação de familiaridade. Reconhecemo-nos à medida que me agredia.

Eu tinha doze anos. Barrado na entrada do colégio, sem caderneta, voltei para casa ainda cedinho. Ônibus vazio, ruas úmidas. O sol batia de leve, a brisa era mansa. Saltei no ponto, atravessei a praça. Deixei para trás as lojas na beira da calçada e o shopping. Enquanto andava, eu me distraía pensando em várias maneiras de gastar as próximas horas. Heróis de plástico? Futebol de botões? Marionetes? Manhã longa sem colégio.

Subitamente, ouvi uma agitação. Procurei de onde. Vinha da padaria. À meia distância, enxerguei o dono, um velho português, sentado e com o rosto muito branco. Cheguei mais perto e vi que sangrava por um corte na testa. Abria a boca atrás de ar, o coração disparado no peito. Querendo ajudá-lo, sua esposa, seus empregados e uns fregueses o cercavam. Mãos aflitas abanando.

O velho sofria orgulhoso, com raiva de sua fraqueza. Seu corpo já não era mais o mesmo há muito tempo, mas só agora os acontecimentos esfregavam-lhe isso na cara.

Dentro da padaria, mercadorias espalhadas por todos os lados. Um cenário de destruição. Cartazes rasgados nas paredes. Lâmpadas quebradas no teto. O chão coberto de engradados e cascos de cerveja e refrigerante, atirados a esmo, cacos de vidro, canudos, restos de sanduíches, guardanapos sujos e copos de plástico arrebentados. Três ou quatro moscas sobrevoavam a imundície, deslumbradas com a fartura.

Num cenário já decadente, o impacto do ódio. Ato e oportunidade são sinônimos? O estouro da crise denunciava a falência cotidiana das pessoas naquele lugar. A luz marrom, o piso gasto de cerâmica, os refrigeradores podres sob os balcões de fórmica. Uma tristeza antiga, companheira azeda, e que eu, freguês das balas, sorvetes e chicletes, só percebia depois do choque de realidade.

Assustado, ouvi como foi. Cinco ou seis marginais, explicou a mulher do padeiro a um dos fregueses, Apareceram de repente, subindo o morro pelo nosso lado. Pareciam drogados, comentou outra freguesa, Um deles conheço de vista, anunciou o balconista nordestino, É traficante. Mas subindo pelo nosso lado do morro?, insistiu um sujeito. Isto lá os preocupa, aos animais!, esbravejou o padeiro português, convulsionando de raiva, Agridem-me sem motivo, espatifam as vitrinas de meu estabelecimento, viram as latas de meu lixo, e quem os irá castigar? Tu, eu, a esposa, tu, ó Ceará? Estão a se rir de nós, estão a se rir, ele gritou, caindo logo em nova crise de falta de ar.

Eu não quis ver mais. Retomei a subida até minha casa.

– Menino!

Ao me voltar, localizei a voz estridente que me chamava. Era de uma das freguesas-enfermeiras, uma velha magra, num vestido estampado e antigo, inteirinha enrugada, inclusive nas mãos e nos braços, os cabelos presos sob um lenço mal amarrado. Não vá!, ela berrou, surpresa por me ver seguindo adiante, Estão soltos por aí!

Sem pensar, corri ladeira acima. Tive um medo instintivo de aprender com o episódio da padaria.

Por força do hábito, logo as ameaças me pareceram novamente distantes. Havia um resto de brilho no asfalto, as calçadas continuavam tranqüilas, os muros impassíveis, o ar leve e fresco. Passei uma curva, depois outra. Um carro desceu correndo a ladeira. Alguns passarinhos voaram, abandonando o fio dos postes e desaparecendo na copa das árvores. A madame passeava com seu relógio de ouro e sua roupa de ginástica, a empregada voltava da feira, ambas despreocupadas. Eu também relaxei.

Cem metros adiante, porém, um novo tumulto, armado em frente aos portões da creche-maternal. Homens e mulheres, todos muito nervosos, conversavam com o segurança da rua. Mães e crianças saíam de dentro do colégio agarradas umas às outras, curvadas sobre si mesmas, como alvos ambulantes protegendo-se de um inimigo invisível, correndo para dentro de seus automóveis importados. O segurança, um mulato magrinho, ouvia atento a descrição do acontecido, feita pela diretora da creche.

Muito nervosa, ela falava rápido, contando de cinco marginais que, sem motivo, pelo simples prazer, haviam cercado a creche bem na hora do recreio; todo mundo lanchando, os meninos jogando futebol, as meninas pulando elástico. Os marginais escalaram os muros em volta do pátio e agarraram-se às grades, enfiando seus dedos sujos pela trama de ferro. Fizeram caretas horríveis, escarraram nas crianças. Balançaram as grades. Algumas professoras e inspetores tentaram expulsá-los no grito. A meninada se encolheu, assustada. Os marginais xingaram, cuspiram nas pessoas e balançaram as grades com força total, quase pondo tudo abaixo. O susto se transformou em histeria, corre-corre. Então, de repente, eles cansaram e foram embora, como se nada tivesse acontecido, deixando o terror para trás.

As crianças, cercadas por animais! – gritou a diretora.

Estão voltando para a favela, concluiu o vigia, Vamos bloquear a rua, enquanto a polícia não chega.

Quando ouvi aquilo, saí fugido outra vez. A ladeira acenava com a segurança da minha casa, e também ia se revelando, sem negar o que era antes, sem quebrar a impressão de familiaridade, apenas expandindo sua natureza. A violência abria meu caminho, e eu achei que não precisava ter medo.

Continuando a subir, passei a grande casa de muros brancos, a mansão ocre, a de janelas verdes. Num dado momento, reparei em tudo quieto a minha volta. Na subida, pensei, a ladeira deveria estar bloqueada. Mas ninguém que já estivesse no alto arriscava uma saída. Toda movimentação agora havia estancado; de pedestres, o ir-e-vir dos automóveis, o balanço das folhas nas árvores, e mesmo a brisa, antes um sopro constante.

Imaginando que logo estaria a salvo, aproveitei o suspense, rastreando curioso os passos dos marginais.

Surgiu o mendigo das redondezas, fazendo a curva do outro lado da rua. Estava sempre vagando ladeira acima e abaixo, cheio de cobertores rasgados e jornais velhos, na companhia de um cachorro preto. Sempre filando um pão com manteiga na padaria, ou fuçando nas latas de lixo. Eu chegava a cumprimentá-lo, de tão familiar.

Ele descia lentamente a rua. Carregava alguma coisa nos braços, que demorei a identificar o que era. Vinha transtornado. Sua boca aberta num grito mudo. Parecia um fantasma. Então senti falta do cachorro e entendi o que o mendigo carregava. O cadáver.

Eu não tinha certeza se a dor do velho era trágica ou patética. Sobretudo, não entendia por que levava o cadáver ladeira abaixo. O que ele esperava encontrar fora dali? O que a ladeira não dá, não existe.

O mendigo me viu e anunciou, num lamento:

– Meu amigo morreu...

Fiquei impassível, encarando-o. Estávamos frente à frente agora. O rosto do velho se contorceu:

– Você não está com pena de mim?

Eu não respondi.

– Não está?

Eu não respondi novamente, e meu silêncio o ofendeu. Ele viu que, pensando bem, eu o achava mais patético do que trágico. Decidiu ir embora, xingando minha insensibilidade. Ficamos de costas um para o outro, ele descendo, eu subindo. Imaginei que talvez eu devesse me sentir culpado, mas não consegui e, mesmo que conseguisse, não faria diferença nenhuma.

Aquele encontro, e os acontecimentos do dia, me fizeram pensar. Eu entendia agora certas engrenagens das coisas. Entendia como a decadência conformista do velho português atraiu o ataque dos marginais a sua padaria; por que as crianças precisavam conhecer o que havia além das grades da creche; e como a auto-piedade em último nível do mendigo era cúmplice do assassinato de seu cachorro. Para cada agressor há alguém implorando para ser agredido; para cada ato cometido há uma oportunidade criada. A gratuidade não existe. Nada que nos acontece é alheio a nossa natureza, descabido em nossa biografia.

Caminhei por mais alguns minutos, tonto, abalado por esta nova consciência. Afinal alcancei o portão de casa. Diante dele, um corpo se torcia no asfalto. Cheguei mais perto. Reconheci meu pai. Suas mãos tapando a barriga, que sangrava. Pedro, ele chamou, ofegante, Cinco homens atacaram a casa. Ninguém escapou.

Tremi. Me ajoelhei a seu lado. Coloquei sua cabeça no meu colo. Minha mãe? Meus irmãos?

– Pai, vou ficar sozinho?

– Não sei... – ele disse, abaixando os olhos.

Fiz carinho em seus cabelos, beijei-o na testa. Nada é gratuito, nada pode ser excluído. Passamos a vida nos debatendo, procurando onde e quando realmente viramos quem somos, o momento em que nossa vida ganhou o contorno que tem, mapeando momentos de triunfos e bodes expiatórios, selecionando memórias, retocando experiências, e para quê? O segredo mora no todo.

– Você vai precisar ficar sozinho?

Na hora nem entendi a pergunta. Era meu pai se despedindo. Antes que eu pudesse responder, suas mãos apertaram o ferimento, ele contraiu o rosto e morreu fazendo uma careta de dor.

Tentei chorar, mas não veio nem uma lágrima. A ladeira havia me ensinado uma nova maneira de sofrer. A morte de meu pai era a prova final. Deixei seu corpo no meio-fio e me levantei. Ir em frente, o que mais? A resignação é o melhor subproduto da morte. Não entrei em casa. Para quê? Minha vida estava espalhada por todo lado.

Retomei a subida no rastro dos marginais. Eu estava solto no ar. A chave de tudo estava fora, mas também se escondia dentro de mim. Quando cheguei ao topo da ladeira, o mundo fervilhava de ambigüidades.

Lúcia

As manhãs eu gastava em casa, atracado ao violoncelo e decifrando partituras; as tardes ocupava no bar em frente, do outro lado da praça, emborcando cerveja atrás de cerveja, que boa grana me levavam todo mês; à noite costumava dormir cedo, mas, quando tinha algum dinheiro, escalava as torrinhas do Teatro Municipal. Vivia em pleno centro da cidade, no andar mais alto de um sobrado, que me pertencia e sustentava. Alugava o piso térreo para uma loja de sapatos vagabunda, mas da qual nunca reclamei. Pagava direitinho.

Antes ainda, nem sei como, já tive emprego, carro do ano e até esposa. Só que eu, casado, vivia torcendo para que minha mulher morresse. Um dia cansei de torcer.

Mas não a matei. Dei tudo por dito e saí, renunciando aos bens, com exceção do sobrado. Abri mão, para não ter de brigar. Eu queria algo mais radical do que brigar, eu queria esquecer. Minha mulher entendeu, concordou e sumiu da minha vida.

O violoncelo foi o único outro bem que consegui preservar. Mesmo não sabendo tocá-lo com fluência, era meu luxo imprescindível, por uma razão muito simples. Eu estava decidido a trocar o amor pela música.

Sempre apanhei das partituras, minha mão esquerda penava ao dedilhar as quatro cordas e, volta e meia, meu arco borrava as notas, cuja crina, aliás, vivia um bagaço. Mas tudo isso era contornável, nem que fosse no futuro distante. Já o meu ceticismo quanto ao amor... O amor me lembrava uma planta carnívora. A floração traiçoeira do egoísmo.

Por isso, todas as manhãs eu me agarrava ao violoncelo, lutando contra *staccatos, arpeggios, spiccatos,* e vários outros virtuosismos impossíveis para mim. Tocando tudo aos pedaços. E desconfiado das partituras, pois não vinha delas a linha melódica que eu ouvia. Não conseguia, pela receita do livro, sentir o sabor da comida. A melodia me chegava pelos ouvidos, um assobio distante. Tocar de ouvido não é a mesma coisa que tocar de cabeça. Tocar de ouvido não exige técnica. Mas a música percebia que eu não a dominava racionalmente, dava um nó em minha emoção e se escondia dentro de mim, mergulhava fundo. De longe assobiava em meus ouvidos, eu podia ouvi-la, mais forte, mais forte. Só não conseguia botá-la para fora. Ficava horas tirando sons do instrumento, sem propriamente fazê-lo cantar.

Vencer essa musicalidade de espasmos, alargando-a no tempo e no espaço, seria como esganar a solidão com minhas próprias mãos. A vitória da espécie.

Quando ficava realmente desesperado, corria até o teatro e via outros mais bem sucedidos que eu gozando seus momentos, ou então me enfurnava no bar chegado a minha casa, e suportava os meus.

Foi numa dessas, depois de horas de exercícios, que vi Lúcia pela primeira vez. A beleza da mártir de subúrbio. Chegou no bar arrastada por um mulato enorme, ele e mais dois. Ela enfrentava a humilhação com a maior classe. O cafetão gritava:

– De graça não, porra!

– É problema meu!

O mulato respondeu-lhe com um tapa no meio da cara.

– Fica aí! Vou cobrar o que ele me deve.

– Ele não teve culpa...

O cafetão nem escutou. Saiu com os dois quando ela ainda estava no meio da frase. Lúcia bufou, tremendo de raiva. Acendeu um cigarro. Esfriou.

Depois, examinou o boteco. Eu imaginava estar sendo discreto enquanto acompanhava a cena, mas ela reparou em mim. Ficou me olhando um tempo, eu desviei o olhar. Então sorriu, esperou eu olhar de novo e, quando arrisquei, chegou junto.

Viu dois chopes na minha frente. Uma velha tática para evitar chateação. Mas ela passou por cima. É de alguém?, perguntou, indicando o segundo chope. Não, respondi, sou anti-social. Lúcia riu sem motivo, pois não era piada. Bela recusa, me disse, e achou mais graça. Enquanto puxava uma cadeira, declarou ter simpatizado comigo.

Me arrependi de ter olhado, de ter prestado atenção, de ter permitido aquele contato. Lúcia não era mulher sem dono, que é a imagem que se tem das putas. Seu rosto, as sobrancelhas grossas, os olhos levemente puxados, o corpo todo firme e queimado de sol, e também o jeito safado, a personalidade insaciável, tudo nela a fazia escrava de si mesma. Para Lúcia, os homens eram espelhos nos quais admirava a própria beleza. Artigos de primeira necessidade. O dinheiro era um detalhe. Mas eu não ia entrar nessa. Amor é a floração do egoísmo. Sexo, a raiz.

Sentou ao meu lado e se apresentou, Lúcia. Começou a perguntar sobre minha vida, Como é seu nome, Onde você mora, Em que você trabalha, Quantos anos tem? Eu, como costumo fazer nessas situações, respondi com pouquíssimas palavras, Pedro, Ali em frente, Absolutamente nada que preste, Quarenta. Mais uns goles de chope, dez minutos de conversa fiada. Preciso ir, anunciei, Posso ir junto?, ela perguntou. Levei um susto, Teu patrão vai achar ruim se não te encontrar aqui quando chegar. Nem ligo, ela disse, Ele grita muito, mas sou mercadoria preciosa, não pode me prejudicar. A mim pode, eu respondi, e dispenso confusão, ainda mais por causa de mulher. Você prefere homem?, provocou Lúcia, despeitada. Eu quero é ficar sozinho, encerrei, pagando os chopes e já saindo. Mas a puta me seguiu, Juro que ele nunca vai saber. Olhei-a nos olhos, ela me enfrentou. Numa última tentativa, avisei que não tinha dinheiro. Ela disse que não iria cobrar. Virei de costas e saí andando. Ela veio atrás de novo. Eu estava entregue.

Quando chegamos em casa, ela viu meu violoncelo e perguntou o que era. Eu disse que havia um monte de respostas possíveis para aquela pergunta. Lúcia pediu que eu tocasse alguma coisa. Óbvio que me recusei a atendê-la. Ela então veio se chegando, me beijou, desabotoou minha camisa, me empurrou para a cama, e começou. Eu, quase estático, na hora não entendi nada. Lúcia, no entanto, fazia de tudo para me ligar.

Com o tempo, desistiu e me soltou, Você não tem culpa, sou eu, expliquei. Me apaixonei por você, ela disse. Achei que estava louca, e disse isso, e que a loucura do amor é justamente a vontade de mudar os outros, de pedir o que eles não podem dar. Não vou pedir nada, ela prometeu, só quero ficar mais com você. Eu sou feliz sozinho. Você fez eu me sentir diferente, ela insistiu. Eu rebati dizendo que ela acabaria como as outras mulheres. Ela negou. Você não é ciumento e entende, e prefere assim, não é? Tolice, eu pensei, a flor do egoísmo, cuja raiz está no sexo, tem no convívio diário a estufa ideal. É assim. Mandei ela embora. Dessa vez obedeceu, mas jurando que iria me esperar.

Quando fechou a porta, senti um alívio enorme, que foi embora mais rápido ainda. A proposta de Lúcia me deixou inquieto. Já conhecia as expectativas malucas que o amor costuma criar, mas a ausência delas era algo inédito. Fui pego de surpresa. Olhei pela janela e vi o cafetão arrastando-a brutalmente para longe. Mais um minuto e ele teria chegado aqui. Tive pena de Lúcia e uma espécie de sufocamento ao ver aquilo. Talvez eu devesse ter aceito, aproveitado a companhia bonita, saudável e auto-suficiente. Mas espantei o momento de fraqueza convencendo-me de que falar é fácil, realmente não controlar o outro é que é o problema.

Ainda assim, durante a semana, precisei lutar para esquecer a proposta. E acabei pensando seriamente no caso. Imaginei a vida futura, sem conflitos à vista, desde que eu não fosse contaminado pelo ciúme e ela não regredisse em sua autonomia. Considerei também a vida presente, e me rendi ao fato de que nunca mais seria tão boa sem Lúcia. Ela era a única mulher que entendeu o meu jeito de amar. Decidi procurá-la e aceitar seu acordo.

Nas semanas seguintes, circulei pelas redondezas do bar, da minha casa, segui o cafetão ao cortiço onde morava e arrisquei uns buracos onde poderia encontrá-la, ou ao menos cavar alguma pista. À toa, nem sinal de Lúcia. Devia mesmo ter sido miragem. Um mês, dois meses, ela nunca mais apareceu.

Até que, um dia, terminando meus exercícios matinais, pedi arrego no bar. Meu violoncelo era gago, inapelavelmente. Eu tinha o dom de ouvir melodias, só que jamais conseguiria reproduzi-las no instrumento. A mediocridade pesava. Fiquei ali bebendo.

Da minha mesa percebi um amontoamento na praça, mas não dei importância, ou, melhor, deixei para conferir do que se tratava alguns chopes mais tarde, quando o álcool tivesse aliviado a sensação aterradora de impotência. Pensei em Lúcia. A rotina parecia sem brilho e a solidão estava mais forte do que eu.

Bebidos os chopes, cheguei perto do bolo de gente e abri caminho por entre os camelôs, travestis, assaltantes, repentistas, advogados, homens do comércio, etc., e quando enfim parei diante do que os atraíra, vi Lúcia. Morta? Não entendi.

Estava sem roupa, deitada num caixão transparente e todo lacrado, apenas com respiradores na tampa. Dentro dele enroscavam-se cobras dos mais diversos tipos, algumas passeando em torno dela, outras deslizando sobre seu corpo ou aninhando-se nos seus cabelos. Por um momento não acreditei, mesmo lendo o cartaz, A Mulher Cobra.

 Não estava morta, mas sua pele tornara-se áspera e macilenta, a vivacidade de seus olhos havia desaparecido, deixando-os inexpressivos como os de uma cega, ou de uma zumbi, sem fagulha. Os cabelos tinham virado palha seca. Aproximei-me da caixa, as serpentes se mexeram. Lúcia continuou naquele transe mórbido. Eu gritei seu nome, pedi que falasse comigo, bati no caixão, gritei novamente...

 Todos me vaiaram. Lúcia não era real para eles, só mais um espetáculo, e que eu estava atrapalhando. Dois trogloditas me agarraram e reconheci os capangas do cafetão. Comecei a xingá-los, apanhei, fui chutado de volta para casa.

 Tranquei-me no segundo andar do meu sobrado, de janelas fechadas e no escuro, mas não consegui esquecer a mulher-serpente, seu cafetão, a proposta, a minha recusa. Quando a noite caiu, não sei o que me deu. Com as luzes ainda apagadas, dei brilho à madeira de meu violoncelo, ajustei as cravilhas, afinei suas cordas, retesei a crina do arco e voltei à praça onde ficava o túmulo transparente.

    Improvisei um banco diante de Lúcia. Tudo escuro e frio a minha volta. Ao luar, esbocei os primeiros acordes da sonata. Naturalmente, como nunca antes, a melodia triste foi tomando corpo, fluindo. Lenta, mas abundante. Profunda, ininterrupta. O compasso triste, apaixonado. Grandioso. O acompanhamento grave e repetitivo era a vida pesando, era o cansaço, o desânimo, a resignação, e cada nota da melodia principal era uma dor nova, aguda. Chicotada nas costas. O andamento metrificava o ar da noite. As estátuas e os edifícios à beira da praça respiravam. Tudo a minha volta recebia os influxos do violoncelo, menos Lúcia, impassível em sua caixa de serpentes, desconectada. Aumentei a pressão nos dedos da mão esquerda, fazendo ressoar o atrito do arco nas cordas com maior intensidade, suplicando alguma resposta. E a música veio mais, num fluxo maravilhoso. Veio com tal generosidade que eu me tornei outra pessoa. Veio com tal sentimento que trouxe ao rosto de Lúcia, enfim, uma lágrima quieta de despedida.

O Hospital

Quando ela chegar, sei que vai me dar o que eu gosto. Mesmo amarrado nessa cama, sem falar uma palavra, eu sei que vou ter.

Ela chega sempre mansa, puxa meus lençóis, os olhos bem amigos, o sorriso doce, o cheiro da pele. Das primeiras vezes fiquei tímido, com vergonha, com medo. Depois, aprendi a me entregar. Queria soltar meus braços da cama na próxima vez.

Quando ela começa, eu esqueço o mundo, me transformo num velho feliz ao simples toque de suas mãos. Ela sobe minha camisola, uma menina rasgando o embrulho do presente. Eu em silêncio, só esperando. Então, ela toca, a palma em concha, lá, carinhosa, me fazendo sentir o calor bom demais. Para quem nunca se deixou levar, eu viajo. Tudo é especial e diferente. Ela vai com calma, me tocando só com a pinça dos dedos, para cima e para baixo. Devagar, me olhando bem nos olhos, sem culpa. Me ajeito na cama, deixando a cabeça cair fundo no travesseiro, relaxando, me preparando para o que vem. Ela tira o máximo de cada pequeno movimento, esticando a pele, puxando-a bem para baixo, para que, no refluxo, o sangue venha mais rápido e meu pau fique mais duro. Nessa hora, quase um afago imaginário, ela roça os dedos da outra mão no meu saco, me arrepiando, percorrendo a costura até o final, e tudo isso num toque leve como um sopro. A cabeça não sentiria, o corpo reage mais rápido. Meu saco se enruga e ela refaz os trajetos das dobras da pele com a ponta dos dedos, até que, com uma pressão suave, o envolve e vai apertando, com jeito, gostoso. Enquanto isso, as pontas de seus dedos me escavam. É nessa hora que já estou pronto.

Ao sentir meu pau mais firme entre seus dedos, ela o abraça com a mão inteira e acelera o ritmo das subidas e descidas. Eu fecho os olhos. Numa das descidas sinto-a se curvando sobre mim e um hálito quente me engolindo, me lubrificando com uma saliva doce. Fico mais excitado, querendo olhar, ver meu pau dentro da sua boca, mas quero ao mesmo tempo seguir de olhos fechados, apagar tudo mais.

Cresço por dentro, viro gigante. A sensação é de vitória. O prazer existe e, todas as vezes, antes de gozar, desejo que dure para sempre. Prolongo-o ao máximo, ainda que ela vá acelerando os movimentos de sua cabeça, indo e vindo, com as bochechas fundas, revestindo os dentes com os lábios para não me machucar, dentes que só de vez em quando, de propósito, ela descobre para me morder de leve.

Numa dessas paradas, lambe meu pau por baixo. Em seguida retoma o jeito maravilhoso de subir e descer. Ou então pára e lambe a cabeça, quando nos olhamos, e ela, sem uma palavra, pergunta se estou gostando, e eu, também sem dizer coisa alguma, respondo que isso é a melhor coisa da vida. Ela dá um sorriso, descendo a língua até a base do meu pau, depois lambe meu saco, e finalmente o engole, chupando meus ovos, para depois voltar ao topo, refazendo o trajeto com a língua até voltar a me engolir.

Sincronizada aos movimentos de sua cabeça e de sua boca, a mão continua me segurando firme, descendo a pele quando penetro e sou abocanhado. Ela me enfia inteiro na boca. Às vezes não sobe imediatamente. Pára embaixo e me dá trancos suaves, como se procurasse engolir mais partes de mim. Lá dentro de sua boca, a saliva doce vai me levando embora.

De repente sua boca volta, com mais ímpeto, a subir e descer. Mais rápido, mais forte. Estou convencido de que a amo. Ela é linda e sabe fazer feliz um homem feio, velho e pobre. Um solitário se desfazendo em prazeres tardios.

Ela avança, me come. Recua, me chupa. E quando eu, sem conseguir mais segurar, explodo com uma entrega total, inteiramente solto, ela não pára, ao contrário, acelera ainda mais, me come e me chupa ainda mais forte. Ela não abre a boca e sinto meu esperma se misturando a sua saliva, ambos agora quentes e doces. Ela, aos poucos, vai engolindo. Quer tudo de mim. Eu quero tudo daquele momento. Maravilhosa, ela vencedora, agora lambe meu pau. A cada vez que, ao toque de sua língua, eu me contorço, é ponto para ela. Estou vulnerável. Minha sensibilidade atinge o ponto mais alto. Dói até.

Ela não pára e retoma o vaivém, olhando para mim enquanto me contorço devido àquele excesso de prazer, como se ela, além do orgasmo imediato, quisesse me deixar uma reserva de sensações, carícias e estímulos. Ou então, como se quisesse me compensar por todos os anos em que eu não tive o seu amor, pior ainda, todos os anos em que lutei contra o amor, me iludindo que a vida era muito mais que isso, muito mais que um belo orgasmo, muito mais que momentos fugazes de excitação, alegria ou felicidade, imaginando que se pudesse construir alguma coisa de mais estável, duradouro, um emprego, uma família, patrimônio, uma obra de arte, sei lá eu. Para mim nunca foi assim que as coisas aconteceram. Apenas agora, um velho numa casa de doidos, amarrado a uma cama, recolhido num silêncio total por anos a fio, me peguei secretamente satisfeito por uma enfermeira que mal deve saber meu nome; apenas agora posso olhar a vida de frente e largar toda e qualquer fantasia de agregar valores externos a minha pessoa. Nasci para perdê-los, nunca para consolidá-los.

Magnânima, ela me limpa. Podia me deixar lá, estirado. Sem dizer nada, ajeita minha camisola e me cobre com os lençóis. Eu continuo quieto, silencioso como sempre estive desde que cheguei aqui. Algumas vezes, olho-a com adoração. Outras alcanço-a com meus dedos, puxo sua mão, macaqueio um convite de beijo, com o tronco meio levantado da cama, sem poder alcançá-la com minha boca, mas isso ela não quer, não dá, eu entendo. Quando sai, fico pensando.

A vida não é o que se esperaria, mas tem seus momentos. Não achei que, uma outra vez, eu entenderia o sentido de todas as coisas. Inclusive do assassinato da minha família, quando uma luz fulminou minha cabeça e depois se apagou. Inclusive da morte de Lúcia, quando percebi o veneno da música. Tudo se encaixa numa longa corrente de acontecimentos, que fica iluminada nos momentos de prazer.

    Só que hoje minha enfermeira não vem. Hoje é o doutor. É dia de interrogatório. Eu tenho medo dele, que sabe disso, e gosta. Faz aquela cara sem expressão, falsamente atencioso, como se fosse a encarnação de uma daquelas vozes de alto-falante, com sua gentileza científica que soa pior que uma ameaça de morte. Parece a voz de um deus traiçoeiro, uma instância superior que purga a dor dos pacientes soprando-a nos seus ouvidos. O doutor é assim. O discurso é terapêutico, mas a intenção por trás é oposta ao desejo de cura. No fundo ele deseja nos enlouquecer ainda mais. Eu sei e por isso me recuso a participar. Em suas visitas aos doentes, vai julgando cada gesto nosso, anotando mentalmente cada palavra. Minha resistência o irrita, ele me odeia mais do que aos outros, acho. Odeia meu silêncio, que para ele não é uma opção, é uma fuga. E quanto mais me vê fugir, mais imagina me apavorar.

Imune ao que ele vive em relação a mim, eu estou bem. Resisto. Certamente não o agradaria saber que as visitas de uma de suas enfermeiras me trazem para o mundo mais do que todos os seus tratamentos, remédios, perguntas e análises, que reviram o meu cérebro como esfomeados na lixeira municipal. Sinceramente não acredito que vá extrair algum significado de tudo o que vivi. Só eu posso entender o meu desequilíbrio. A consciência dos homens é sustentada por um tripé. O primeiro pé traz a observação da realidade cotidiana, pura e às vezes até prosaica. O segundo é onde a subjetividade de cada um se encontra com o mundo real, distorcendo-o fatalmente. O terceiro é exclusivo dos sonhos e das fantasias, ou dos pesadelos. É este que me prende aqui. Nunca vou poder sair. Tenho um pesadelo que não vai embora.

Sou eu num barco pequeno, a remo, no escuro. Faz muito frio. Vejo as águas se mexerem a minha frente. Um clarão instaura uma luz muito forte, vermelha, que nasce no fundo, e depois vejo as águas se aquietarem outra vez. Eu me pergunto onde estou, e logo vejo que estou navegando dentro de um armazém gigantesco, com milhares de carcaças congeladas penduradas sobre a minha cabeça. Acho que são de gente, mas em seguida percebo que são de animais, bois, cavalos, bodes, cachorros, coelhos. Carcaças inteiriças, já sem o couro, com uma marca de corte na barriga e as patas espetadas no ar, endurecidas pela refrigeração.

 E de repente começa um calor estranho, que vem não sei de onde. Começo a suar. As carnes vão amolecendo e gotas geladas de sangue caem na minha cabeça. Quando as águas começam a borbulhar, descubro de onde vem o calor. O barco balança. O nível das águas sobe rapidamente. Tenho muito medo.

 Sempre o lapso vem me salvar. Um buraco que nunca preencho. Quando volta, a imagem sou eu com um facão, trinchando as carcaças, arrancando pedaços das carnes e comendo-os esganadamente. Jogo os restos na água, para provar logo um novo pedaço, de outro animal. Para minha surpresa, quando caem na água, as carnes viram flores, que em seguida afundam na fervura.

O doutor iria gostar de ouvir o meu pesadelo, mas tenho medo. Do sonho, não do doutor. Este sonho, o lapso, a visão das carcaças abertas, o gosto da carne. O que acontece no pedaço censurado do sonho? Como eu me transformo, e em quê? Já ouvi dizer coisas horríveis sobre mim, mas não tenho lembrança nenhuma. Tenho esta visão. Verdade ou mentira? O doutor acha que sabe tudo. Virá hoje, repisar as mesmas perguntas, tentando me forçar a lembrar. Prefiro o silêncio.

O que eu lembro da minha família? Lembro da ladeira onde ficava nossa casa, lembro do meu pai sangrando no chão, sei que todos morreram... por fatalidade, digam o que disserem, pelo menos não tenho a menor lembrança que vá contra essa versão dos fatos. Não vou responder a nenhuma pergunta, é melhor ficar quieto. Tenho só um pedido que eu gostaria de fazer.

O que eu lembro da minha primeira esposa?, pouco, por sorte. Sei que a larguei, sei disso com a maior clareza, e já quase disse para ele, mil vezes. Ele insiste em acreditar que tenho mais alguma coisa a dizer, enquanto eu sei que não. Só lembro que saí de casa e fui morar no sobrado. Não lembro nada de antes. Quando ouvi falar que tinha morrido estrangulada, nem acreditei. Novamente prefiro o silêncio. Quero ter coragem para fazer meu pedido, nada mais.

E o que eu lembro da mulher que conheci no centro da cidade? Levei um susto quando ouvi essa pergunta pela primeira vez, pois não imaginava que mais alguém soubesse da existência de Lúcia. Mas o doutor sabe. Como? Nunca entendi, eu nunca falei, e penso que talvez seja essa a razão do meu ódio por esse médico. Quem é ele para saber coisas da minha vida, querer radiografar meus pensamentos, preencher todos os lapsos, iluminar o que é invisível? Tenta de fora, porque não sente a vida como ela é, ou então é ainda mais louco do que eu e a vida juntos. Admito, tenho medo dele também, mais de mim próprio, mas dele também. Mesmo assim, de Lúcia não vou falar. O que eu posso dizer? Antes imaginava que fosse uma última chance – desperdiçada – de ser feliz. Agora, depois da enfermeira, lembro de Lúcia como uma profecia que só agora se realiza.

Mas não vou dizer isso, o doutor não merece. Apenas decido que vou pedir, vou tentar falar e conseguir o que eu quero.

Quando ele pergunta se eu não sinto saudades do violoncelo, tenho vontade de rir. Poucas coisas no mundo me fizeram tão mal quanto a música, poucas sufocaram tanto minha energia vital, poucas anestesiaram tanto o meu desejo. Quanta humilhação por quem só me desprezou. Depois que toquei para Lúcia, lembro que estilhacei o violoncelo e toquei fogo. A música foi a minha paixão mais louca, e só não conto para o doutor porque ele não entenderia, ou não acreditaria, ou simplesmente não iria se satisfazer com essa resposta e tentaria arrancar mais de mim. Prefiro olhar bem na cara dele sem exprimir absolutamente nada. Que se dane. Olho-o como se minha cabeça estivesse vazia. Tenho só um pensamento, um desejo fixo.

Ele se levanta. Está se preparando para sair, me deixando aqui sozinho com os pensamentos que acordou dentro de mim. Urubu. As lembranças, as suspeitas a meu respeito, e o lapso do meu pesadelo.

As carnes penduradas, as cobras em cima de Lúcia, a minha família... Urubu.

A enfermeira entra, mal acredito, e torço para que continue comigo depois que ele for embora.

É caso perdido, diagnostica o doutor. A enfermeira me olha, sabendo que não é verdade, que estou muito melhor. Me pergunto se continuaria chegando perto de mim caso eu tivesse as mãos livres. Poderia ter medo, ou nojo do meu bafo, quem sabe? Mas seria bom abraçá-la muito forte, dar um beijo longo em sua boca, abaixar o zíper do seu vestido branco, soltar o sutiã, fechar meus olhos, sentindo aquele cheiro morno, chupando seus peitos, e descer meu rosto numa trilha de beijos e vagas mordidas, até chegar ao final, sentir o perfume, e de joelhos abrir suas coxas, minha boca pegando ela de jeito. Como faz comigo. Não pararia até que suas pernas amolecessem e ela se deitasse no chão, quando novamente eu abriria suas coxas e enfiaria meu pau bem duro no meio delas.

É isso que eu quero, é isso que vou pedir. Falo, pela primeira vez em anos, pedindo ao doutor:

— Me solta.

Duas palavras. Ele me olha, sem acreditar que ouviu. A enfermeira me olha também e, no que nossos olhares se cruzam, entende que foi por ela que eu pedi, e sorri por dentro, eu sei. O doutor me pergunta o que eu disse, repito as duas palavras. E não quero falar mais. Ele pergunta se lembro meu nome. Não respondo. Fecho os olhos e viro o rosto. Ele não entende, insiste, retoma o questionário, repete as mesmas perguntas sobre a minha família, minha primeira mulher e Lúcia. Como pode saber tanto sobre mim? Como pode ser que um perfeito estranho saiba isso tudo da minha vida se nunca falei dessas coisas? Quanto mais ele força a situação, mais eu me retraio e me calo. Não vou compactuar, só quero estar mais livre a próxima vez que ela vier.

O doutor e a enfermeira se olham, ela sabendo mais que ele, com certeza, ele hesitante. Quando você quiser falar, quem sabe eu te solto, ele meio promete. Mas já falei tudo...

O doutor se prepara para sair da sala. Antes faz um sinal. Quando sai, a enfermeira vai atrás. Olho para o teto. Pela primeira vez desde que cheguei aqui tenho vontade de chorar. Há um enorme espaço vazio, uma enorme solidão, entre o carinho dela e a ciência dele.

A enfermeira volta sozinha, está apressada. Entendeu que pedi por ela e voltou para me explicar a recusa, O doutor diz que você é perigoso, Venho aqui outra hora, mas não posso te soltar. Meus olhos imploram, mas ela repete que não pode, e sugere que eu fale com o doutor, que o convença de que estou disposto a fazer o tratamento e de que não sou mais uma ameaça. Eu não vou fazer nada disso. Em silêncio você não se ajuda, ela diz, mas eu sei que se as palavras tivessem poder real, eu já estaria livre.

Chega por hoje. Ela vai embora, eu fico esperando sua próxima visita.

Título	*Tripé*
Autor	Rodrigo Lacerda
Capa, Projeto Gráfico e Editoração Eletrônica	Ricardo Assis
Ilustrações	Noeli Pomeranz
Revisão de Texto	Geraldo Gerson de Souza
Formato	14 x 18 cm
Tipologia	AGaramond 12/16
Papel	Cartão Supremo 250 g/m² (capa)
	Pólen Rustic Areia 85 g/m² (miolo)
Número de Páginas	152
Tiragem	1 000
Impressão e Acabamento	Lis Gráfica